子玉画画

大咖读画

U0814088

心灵的风景

画笔带我走出抑郁

李子玉／著

中信出版集团 · 北京

图书在版编目（CIP）数据

心灵的风景：画笔带我走出抑郁 / 李子玉著. --
北京：中信出版社，2018.4
ISBN 978-7-5086-8689-9

Ⅰ. ①心… Ⅱ. ①李… Ⅲ. ①散文集－中国－当代②
绘画－作品综合集－中国－现代 Ⅳ. ① I217.2

中国版本图书馆 CIP 数据核字 (2018) 第 041233 号

心灵的风景：画笔带我走出抑郁

著　　者：李子玉
出版发行：中信出版集团股份有限公司
（北京市朝阳区惠新东街甲 4 号富盛大厦 2 座　邮编　100029）
承 印 者：北京图文天地制版印刷有限公司

开　　本：889mm × 1194mm　1/32　　印　　张：9　　字　　数：100 千字
版　　次：2018 年 4 月第 1 版　　印　　次：2018 年 4 月第 1 次印刷
广告经营许可证：京朝工商广字第 8087 号
书　　号：ISBN 978-7-5086-8689-9
定　　价：58.00 元

出版统筹：曾孜荣　徐芸芸
策划编辑：徐芸芸　　责任编辑：周剑箫　　营销编辑：孔维珉　李　晶　徐　哲
装帧设计：牛　刚　赵　妍　姚　恺

日暮降临　黄昏

我看见火红的晚霞满天

整片山林涂上了一层层的黑色油彩

树林里的飞鸟都纷纷回巢了　鸣声吵醒了一林的蝉儿

它们吱吱地乱叫　仿佛在抗议　是谁把它们弄醒

鸟儿也不甘示弱……也一起闹成一片

在夕阳余晖映照下　大地被染成金光闪亮

我举头仰望天际　灿烂的光彩满目

不刺眼　却温暖了我的心

趁着余晖未减　驻足欣赏再三

捕捉这美好的风光

李子玉

李子玉，原名李玉莹，原籍广东南海。五岁时随母移居香港，自幼受外祖母教养长大。1976 年于浸会大学中文系毕业后，留学美国，在南伊利诺伊大学社会系修读社会学，得学士学位。后随前夫至芝加哥居住，在芝加哥大学“伴读”。1988 年返香港，任职保险公司数年，1991 年与前夫离婚。2000 年再度赴美，与李欧梵结婚。在其鼓励下，开始写作。2004 年丈夫从美国哈佛大学提早退休，故随其返回香港，并长居香港。从保险业退休后，有更多时间写作。2005 年突然提笔作画自娱，无师自通。

因多年来受抑郁症缠扰，治愈又复发，前后十数年之久。遂决定将此中痛苦经历，写成《忧郁病，就是这样》《忧郁病并不可怕》二书，公诸于世。又与李欧梵合著《过平常日子》《一起看海的日子》《恋恋浮城》三本书。其他个人散文著作有《细味：食物的往事追忆》和《云想衣裳》二种，皆取材自日常生活经验及回忆。颇受海峡两岸和香港读者欢迎，有繁体字和简体字版数种。

近两年来，对绘画兴趣日浓，往往将个人内心情绪融入画中，以色彩表现心灵的感受，因非科班训练出身，故用笔毫无规范。愿经由绘画和文字，与抑郁症患者、读者和其他有心人交流，祈望达到助己助人的目的。

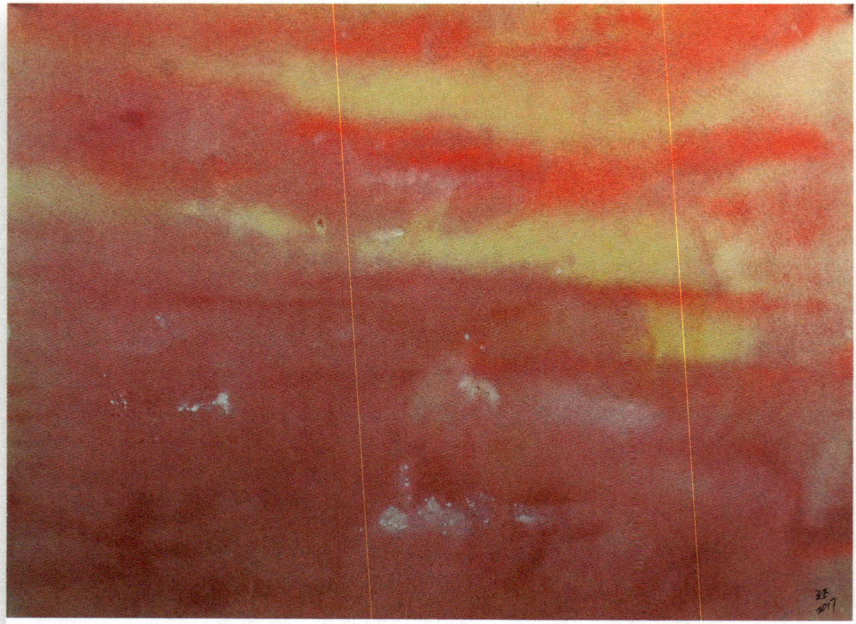

无碍之六
55cm × 40cm
纸本水彩　2017

推荐序：子玉的画

文 / 李欧梵

我的妻子李子玉一向喜爱绘画，也有天分，但似乎一直没有信心。正像她的写作一样，可以写出朴实而真挚的散文，但一直对写小说没有信心。她问我什么才是小说，我回答小说就是想象，英文叫作 fiction，本来就是“假造”的意思。她说糟了，我根本不知道怎么假造。这就是她纯真性格的表露。然而她的绘画却处处充满想象出来的美景，不够写实，甚至有点抽象。她自己也说，要她仔细素描一个静物或人像，她没有耐性，也画不出来。我说随你画什么，只要自己觉得舒畅就好。

这些画都是她不知不觉中画出来的。她时常对我说，画的时候根本不知道自己在画什么，画完了反而问我：你觉得我画的是什么？我往往不知所措，就乱讲一通，她也不在意，照单全收。我这个“文学批评家”，对于绘画非但一窍不通，而且对于评画更毫无信心。我这篇文章怎么写？

只好把自己内心的感受和盘托出。

我觉得子玉画的是真挚的感情。她患过忧郁病（抑郁症），而且复发数次。“忧郁病”是一种不能正常抒发情绪的疾病，所以我鼓励她画画，作为一种心理上的治疗和保健的方法。可能有人会说，她的画表现了她多年来被压抑的感情，我不完全同意，我反而认为，绘画是一种感情的提炼和升华，和听音乐，甚至修佛都一样。子玉的这些画，足以代表。

我们是城市人，住在到处是高楼大厦的香港，然而子玉画的却是大自然——云海、山水、树林，这种大自然美景，像是梦境和幻象，也充满了感情，但绝不写实。这和她的写作风格恰好相反。勉强可以说，子玉画的都是心灵中的风景，英国一位诗人曾称之为“inscape”，本来指的是诗，但我故意把它用到子玉的画作上。常言唐代诗人王维的作品“诗中有画，画中有诗”，我认为子玉的画的灵感也来自中国文化，虽然表面上她画的西方式的水彩画。子玉也喜欢中国古诗，背诵的远比我多，所以不自觉地画出她心目中的“山水”，是很正常的。一个艺术家的内心如果充满了美感，他／她必定喜欢大自然，偏偏香港没有大自然的美景，我们年岁已长，不喜欢到野外去爬山，所以接触不到大自然。多次到中国内地旅游，子玉印象最深的是四川的九寨沟。所以我故意调侃她：哈哈！我猜出来了，你画的是回忆中的九寨沟！特别是深山中的清澈湖景，美得出乎寻常，令我们流连忘返。

她随我乱扯，也不置可否。我知道她内心追求的绝对是一种纯净的美，而不是丑。老实说，子玉的个性中没有“丑”这个字，她待人接物的态度，更是真挚如赤子，毫无城府。这样的人画不出丑陋的东西。即使有几幅画的基调是黑暗的（有一幅是在一张随便找到的黑纸上面涂上色彩的），也不可能是忧郁的象征。我们结婚已经十六年了，至今我还是悟不出来，像她这样纯洁爽朗的人，怎么会得忧郁病？唯一的解释就是：她成长的环境，把她原来的个性压抑了，绘画可以使她恢复她的本性。于是我鼓励她画，随便画什么，不要有任何拘束。但她仍然对自己的这个艺术天分没有信心，直到一位画家看过她的画后，说同样的话，她才半信半疑，逐渐培养了一点信心，如此才可以继续画下去。

到目前为止，我从子玉的画中看出几个经常出现的主题，她“内心的风景”以大自然的山水为基调，山水上面是浮云，而天上的云彩又往往和地上的湖光水色相映照，有时候甚至“天水合一”，是云是海都无所谓。在这个大画面之中，其他的都是“变奏”（对不起，这是一个音乐名词，因为我喜欢音乐）：有山，有树，有丛林和土地。这些都是中国山水画必要的元素。但她的画法是“涂抹”——用各种色彩涂在画纸上，有时候一层又一层，像是油画。然而又不按理出牌，也不管中国水墨画中的“留白”和意境，有时又会无意间涌出一股情感的激流，来自色彩浓度的变化。

在她早期（三四年前）的画作中，“土地”这个主题出现得比较多，基调都是深黄色或深褐色。有一次她拿了一幅给我看，要我写一篇散文式的感想，我写不出来，但当时我心中突然勾起儿时在河南黄土高原的回忆。这是我自己的梦魇，平时从来不想。这篇散文还没有动手，她就改变了画风，蓝天白云出现了，几乎取代了黄土地。我心里想，这莫非更容易画？随便用蓝色涂几笔就可以了。然而她画得越多，我越看出内中变化多端，在“蓝天白云”的基调上面，出现了各种红色，像是晨曦，又像是晚霞。这当然还脱不出写实，但是我感觉到又有一种意境；至少，子玉不自觉地在追求一种意境，一种情感的意境，更不像中国山水画。除了云彩之外，她开始画树木，色彩更“超现实”，紫色竟然出现得越来越多。但画来画去，到目前为止，我觉得似乎树干不够坚挺，我看后恍然大悟：树干和树枝，犹如竹竿和竹叶，必须经过传统国画的基本训练，才可画出风味来。也无所谓，也许这是子玉的某种内心脆弱的返照？

有一次，我带她看一个画展，偶然发现赵无极的作品，她非常喜欢，因为它既抽象又有意境。在欧洲旅行看画廊和博物馆，她对西方中古的宗教画和人像画毫无兴趣，但特别喜欢凡·高和法国印象派。我说凡·高患的就是忧郁病，最后自杀。子玉自杀过四次，也许心有戚戚焉。印象派的画家，她最喜欢莫奈，但好在哪里，她也说不出来。我猜是光影和色彩的变化吧。又有一次我们到瑞士的卢塞恩去听音乐会（阿巴多指挥马勒的第九交响乐），顺便到一个现代画廊参观，子玉第一次看到维也纳画家科柯施卡的作品，竟然十分感动。画中裸体变形的身体和痛苦的表情，竟然也引起她的共鸣。我说你不觉得它们丑陋吗？她说绝不，这个画家太痛苦了。当然她也看过克里姆特的画，还买了复制的小杯碟，作为早餐时候我饮咖啡之用。

这些经验是否间接地也进入子玉的画中？我看不尽然。看别人的画得来的感受，最多是一个刺激，她还是我行我素。所以我从来不鼓励她去学画。多年前我们初婚时，我为她交了一个学期的学费，到哈佛夜校注册，上了第一堂初级绘画课，她说闷死了，从此逃课。也罢，反正这是她的个性的一面，自作主张，勉强不得。回到香港后，她也上过一两次绘画班，都是半途而废。看来子玉永远是一个“业余画家”了，和我封给她的另一个外号“资深业余作家”一样，她也无所谓。

最近，杭州的友人小姜竟然要把子玉的画在他新开的书店展览，我当然雀跃万分，但也有点惭愧，因为我为了避嫌，在香港从来没有做过这种想法。甚至心中也怕认识的行家朋友背后指责，这其实是一种为了顾全面子的“丑陋”的心态。既然我鼓励她把自己的忧郁病经验写出来，而且这本书《忧郁病，就是这样》已经再版，为什么不可以配合出版，做一个她的绘画的“业余展”？开诚布公地宣布：这是一个毫无训练的业余画家的作品，她表现的就是一种个人的情感。为的是调剂日常生活，更为了能帮助有情绪病而无法自拔的相熟或不相熟的朋友，庶几可以得到一点安慰和共鸣。这就是我们的目的。

写这一篇小文，我义不容辞。

无碍之十五
55cm × 40cm
纸本水彩　2017

逐香之二十
65cm × 30cm
宣纸彩墨　2017

目录

过去　我努力做
外婆的好孙女　妈妈的好女儿
老师的好学生　丈夫的好妻子
朋友的好朋友　社会的好公民

如今　我发现
我本是　善良　纯真　诚实　自信
我喜欢
自由自在　放任逍遥
随心随缘　不拘小节
原来这就是我　我终于知道
我是谁了！

子玉的自白

心绪之七
70cm × 50cm
宣纸彩墨　2017

情绪的色彩，色彩的情绪
——我的自白

忧郁的情绪是我大半生的伴儿，它一直追随着我，不离不弃的，有时离我远一点，有时却近在眉睫，叫我挥之不去。一直以来，我以为自己在 1992 年以前，并不曾患有忧郁病，这种想法其实并不正确。打从童年开始，我一直受忧郁的情绪困扰。直至第一次婚姻失败，才直接触发了忧郁病，情绪陷进无底深潭，叫我无法自拔，足有十年之久。

有人说，一生当中，总会有两三回和这病相遇，只是程度有深有浅，日子或长或短。当然，这病的发生和个人的遗传基因有关联，至于性格的因素更是不可忽视。以我为例，多年以来，我的极为内向的性格，从生命的磨难中，学得较为外向。外向的个性减少了许多心理的压抑，潜藏在内心的不快情绪也逐渐清除，负面的感觉也变得正面起来，人自然也相应地快乐了。我的情绪病是否得自遗传不得而知，可以肯定的是，童年不愉快的经历，加上内向敏感的性情，却为我埋下了忧郁的种子，这种子受到了多年来忧伤泪水的灌溉，发芽生长，成了忧郁的病根。

心绪之八
75cm × 60cm
宣纸彩墨　2017

逐香之二十六　70cm × 30cm　宣纸彩墨　2017

种子

事出必有因。也许，这因的种子早种于我在母体的日子。当时，我不过还是母亲体内的胎儿。我后来知道，当妈妈怀着我时，有次她挺着肚子坐在家门前，眼睁睁看着丈夫手臂挽着另一个女人从门前经过。她那时痛苦失望的心情，我想我已经感应到了。由此相信，妈妈对婚姻缺乏安全感，是从实际的婚姻生活中感悟出来的，我缺乏安全感，也许得自母胎的遗传。

我从襁褓开始，已没有父亲，父亲不是逝世，只是跟我妈妈仳离了。妈妈为了养活哥哥和我，一度把我们交托给外祖母照料。那时候，母亲只身从广州跑到香港谋生，汇款养活身在广州的我们祖孙三人。

母亲天生个性坚强，尽管没受过许多教育，没有兄弟姐妹的扶助，但她情愿离开小康的夫家，孤身闯她的人生路，并决心以寡母身份，担起照顾我们兄妹俩的责任。1958 年，五十多岁的外祖母含辛茹苦地带着四岁的我和七岁的哥哥，幸好那时刚接到香港当局的批准，让我们离开广州到香港去，跟妈妈见面。到达香港后，妈妈早做安排，并给我们租下了一处安居之所，然而，她没有跟我们同住。

几个月后，她告诉我们她要再婚了，对方是位富家公子，而且是名门之后，可算是“簪缨世家”。妈妈从此摇身一变，从妈妈的身份成了我们的“阿姨”，哥哥和我变成了她的外甥和外甥女了。这种身份的转换，表面上看来简单，但对于幼小而又敏感的我，影响却是既深且远的。

其后的好一段日子里，我变成了一个满怀心事的小女孩。往往满腹疑团，却又不敢向大人提问，更糟糕的是，我认为妈妈再也不要我们了。妈妈有了新的家庭，成了大富人家的三少奶，相反，我们祖孙仨成了她的累赘。这感受一直延伸影响到我日后的害羞行为，使我严重缺乏自信和自尊心。

再婚后的妈妈只当了一年可让我和哥哥接触的“阿姨”，就跟“姨丈”到英伦留学去了。妈妈是个大情大性的人，远离了香港人际复杂又规条森严的婆家，又得到自己母亲给她照顾一双小儿女，我想，她是蛮自由自在的。然而，她看来并没有体会到自己慈母的心，那时候，我时常希望她可以多汇点家用、多写些书信回来给我们。

向来多忧多虑的外祖母，经常为了收不到妈妈的家书而睡不稳、食不甘，加上妈妈每次寄来的家用都仅够我们三人糊口，有时候，只要外祖母多生一场病，多看两回医生，生活旋即显得捉襟见肘。每逢遇上这种情况，外祖母总是整日连连唉声叹气，坐立不安。那时我只有六七岁，除了上学，每天看着外祖母的愁容，听着她的叹息，再加上她生病时卧在床上辗转呻吟的声音，尤其令我心情积虑。

病痛固然叫外祖母难受，然而，平日的她却又脾气暴躁，一样叫我们害怕。根据妈妈形容外祖母说：“阿妈一向很凶，连我爸爸都怕了她，每次她打我的时候，爸爸总是跟她吵，要护我，可是，最后都无功而回，被气得出街走了，就是不忍心看心爱的女儿被自己的妻子毒打。而我每次被责打后，总会怀疑她是我的亲生母亲吗？怎么会这样狠心地打我呢？”

外祖母是天津人，十岁随她父亲到广州，可是，这位官家小姐没有机会念书，当时，“女子无才便是德”是件天经地义的事。事实上，外祖母对于自己不识字这回事，似乎也不怎么显得遗憾。偶然需要签名才办得成的事，她就得靠图章盖印了。有的时候，她会冒出一句：“你们外祖母就是吃亏在没读过书，不然的话，我可不是现在的样子，要依靠女儿供养啦！”其实，我想她还是在意自己是个文盲的。奇怪的是，她看见我用功读书时，总会表现出一副不以为然的神情，甚至幽幽地说：“看你神经兮兮地念书，难道要考个女状元不成？”我被她这么一说，往往为自己的用功而汗颜，女状元考不上，反成了书呆子。有时更会被她的话挫了锐气，心想：“我反正办不成大事，马马虎虎就可以了。”往后的几十年里，我缺乏大志的性情，多少与这种想法有所关联。

小时候，我是个内向而敏感的女孩。虽然有一个大自己三岁的哥哥，可他却从来不是我的玩伴。绝大多数的日子里，我留在家里独自玩耍。遇上外祖母心情好的时候，她会用米粒充“馅”，细针给我缝制布袋娃娃。后来，妈妈给我买来一套塑料造的玩具厨具，好让我找来邻家的小女孩跟我一起玩“煮饭仔”游戏，至于哥哥和别家的男孩则当“食客”。有玩伴当然开心，没有的话，我也不介意独自跟自己说话，甚至一人分饰几个角色，悠然自得。

就这样，我从小养成了孤独的性格，过着自求多福的生活。在我的记忆所及，大抵从那时候起，我的性格愈来愈内向，也愈来愈压抑，现在想起那时候，忧郁病的种子已经开始在萌芽了。

心绪之一　110cm × 70cm　宣纸彩墨　2017

恶魔

缺乏安全感的种子早在小时候已深深埋在心坎里，若干年后才真正长出果实来。

第一任丈夫（以下称表哥）恰巧是个不爱打电话回家的人。当年无助的小孤女，现在则是个深闺怨妇，同样是极度缺乏安全感。如此的岁月里，我不断地扭曲自己，逐渐成了一个里外不一致的人了。更有甚者，是日渐难于接触到自己的感情。

1993 年起，我开始患忧郁病，之后一年的病情可说是历来最严重的，发病时期也是最长的，自杀的次数也是最多的，达四次之多。

我试过割脉门、服安眠药和毒药。割脉门是首次干的傻事，发生在 1993 年年头，现在隔着距离来看，我会说当时的自己是“生手”，遂弄得“不汤不水”，后果是“不痛不痒”，只拿来当作汲取教训之用。关乎生死，其实是个严肃的课题，不得轻视。现在每次看见自己手腕上的线状疤痕，我会莞尔一笑，但每想及当日，自然是笑不出来的。

那时候，对待生活的态度是无奈的，自己每天半死不活地混着过日子，有时连自己都感到羞愧。为什么不干脆地死去？我常这样自问。最难过的，莫过于我仍要在别人面前隐瞒患上忧郁病的事实，甚至不要让人知道我已经和表哥分居，过着单身的生活。自责的情绪一直充塞着我的胸臆，还连带郁闷、自怜、自怨的复杂思绪，造成一股混淆不清的感觉，不离不弃地陪我日复一日、苟延残喘地活着，叫我苦不堪言。人的忍耐力是有限度的，忍到不能再忍的时候，精神自会被推到崩溃的阶段，那时，谁也会想把心一横，意欲全盘放弃，这是为何我四次不再挣扎、不想等待，只求速死，以求就此了断尘世间的恩怨情仇。

打从第一次求死失败后，我一直继续重新计划如何寻死。每天早上醒来，耳畔总传来一阵唠叨的声音："玉莹啊！你今天该用何种方法死呢？""恶魔"的声音仍然不绝于耳地每日提醒着我，这回我是非死不可！死期可以延迟，却不可不死！

多番思量，我终于决定了第二次的"自杀行动"——服食大量的安眠药、抗忧郁药和镇静剂。于是，我预先算好复诊的日期，并欺骗医生多给我一个月的药。

我决定服药的一天，是在 1993 年 4 月中旬。何以记得如此准确呢？因为自杀当晚正是第十二届香港电影金像奖颁奖典礼。想着那夜电影颁奖礼的主要影片《阮玲玉》大抵可以获颁几个大奖吧，包括张曼玉的最佳女主角奖。张是我的偶像，而阮玲玉的结局不也正是服药自杀死的吗？唉！人生如戏，戏似人生啊！冥冥之中，似乎早已安排好（我命毙于当晚），自古红颜多薄命，我禁不住又洒落一脸泪水。

我把三种药丸混在一起。大大的一把，放在手心，然后打开酒瓶的盖子，倒满了一只玻璃杯，再深吸一口气，仰起头，将药丸全含在口腔中，将酒灌进喉头。在我还没意识到药丸落入胃里之前，知觉早就没有了。醒来已是第三天 9 点。

随后的几天，我的情绪似乎比自杀之前平复了些，有一种暂时的舒缓。原来麻木的面容表情，似乎也轻松了一点儿，见着表哥和一些相熟的友人，更像是从未发生过任何事一般。

大概我的前生债未还清，前后经历了三次自杀，最终也是大难不死，但“恶魔”并没有放过我。到了忍无可忍的时候，即 1994 年年初，它要我计划第四次的自杀。可能这是命运的安排，注定我劫数难逃；幸好，我也命不该绝。

由于前三次的失败经验，这次的考虑更加谨慎与周详了，绝对不容有失。想呀想，突然间记起近年读了《东方日报》的某篇专文，当中介绍了一种化学药品，是可以用作冲晒相片胶卷的显现剂。此化学药品毒性强烈，只需一小匙，立即可置人死地。

我以摄影冲胶卷为由买到了药物。

那阵子，我的思维杂乱，总是拿不定主意，是我贪恋尘世的乐趣吗？生活何有兴味哉？还是想到过去三次自杀的失败，叫我患得患失？不稳定的情绪，令我坐立难安，服了安眠药物仍是睡不安稳，镇静剂也是百服不灵，我只感到惶惶不可终日。

有一天，我趁着复诊的机会，向康医生吐露我买了药品，等待自杀时机。康医生闻言，立刻要求我把药品交出，并给我换了药方，希望改善一下我当时紧张的情绪。另外，康医生为了安全起见，也给表哥致电，希望他可以把我接到他的家里住。

表哥之所以收留我，我知道，只是基于道义责任。当两个各怀心事的人住在同一屋檐下，气氛郁闷，当中没有思想的交流，只有两颗枯竭的心灵。故而，在此期间我的病非但没有好过来，反而是愈来愈严重。

转瞬又到了 1994 年的农历新年。除夕的黄昏，我们去逛了花市。人群拥挤不已，叫卖之声震耳欲聋。一个忧郁病人对嘈杂的声音尤其敏感，声音不断敲击耳鼓，我立刻心神不定，急切需要一口新鲜空气。农历新年本是普天同庆的节日，但我的情绪，却随着月亮的阴晴圆缺而高低起伏，自杀的念头复再兴起。当然，这次我再没告诉康医生了。

在一个乍暖还寒的午后，我到沙田某酒店以日租形式租住了个房间。当下，我感觉到自己的脑海仍是一贯清明，丝毫没有恐惧，一心只想死。此时的我，大抵只有求死的勇气，而缺乏生存下去的力量。

坐在床上，拿着一杯毒液一饮而尽，顷刻间顿感全身冰冷，还不及一秒，胃部随即感到不适，反胃后的溶液便从口里涌吐出来。但见床单被弄脏了，身体的冰冷感觉也顿时消失，我生怕遭到酒店人员发现，被送官究治，于是赶快收拾自己的东西，随手关上门，逃之夭夭。回到家里，已是华灯初上时刻，为了不让表哥发现我的秘密，赶紧淘米煮饭，装着若无其事的样子，糊里糊涂地结束了这回的寻死之旅。

最奇怪的是，这桩事儿没给我留下任何后遗症——身体上的、生理上的，就算是心理上的，也是春梦了无痕般。一段时间过去了，我已经把它完全忘记，只有当日全身冰冷的感觉，一直叫我无法忘怀，可见它的影响不是没有，只是我故意将它忘记而已。但是“冰冷”从来没有放过我，它只是换了另一个面目，向我展示。

从那时起，“冰冷”成了我的脸部表情。我内心暖热的缺失，全都显示到脸上来，冷如严霜，令人敬而远之。我也再没有和朋友联络了，他们亦不知道我患了忧郁病，甚至连我的妈妈与继父也没法跟我有任何亲密的沟通，每月一两次的接触都是客客气气，他们都怕问我的情况，也不敢劝慰我。至于跟我见面最多的表哥，彼此间也是隔着一道森严的墙，只知道彼此面容都结了冰霜，神情僵硬。

在欧梵加入我的生活以前，忧郁病的数次病发，我都是独自度过，仅有表哥每星期一次或数次的来访。有些时候，我实在难以忍受，只好不断拨动电话，听别人的声音，以自己未有发出的心语回话。现在回想起来，那时的我，真的疯了，竟然可以干出如此无聊的事情，在此，我必须向那些曾被我打扰的人说一声："对不起！我白白地给你们添麻烦了。"是的，如果当时我愿意和亲友倾诉心事的话，我的病也不至于后来那么严重了。

四次的忧郁病发，横跨 1992 年至 2001 年，持续十年之久，即超过 3650 个漫漫长夜。我和"恶魔"纠缠的日子，赔了志气、赔了柔情、赔了理想、赔了盼望，"恶魔"彻底得胜了，我彻底失败了。我一直觉得我的人生从此完结，想想连最宝贵的生命也赔上了，我还剩下什么东西可以跟"恶魔"作筹码呢？

这样的生活直至千禧年。我已不再单打独斗，与我并肩作战的是丈夫欧梵，"恶魔"在那一年最后一次探访，我们赖着两人的抵抗力，病魔终于败走他方，从此再也没回头。

逐香之十一　70cm × 35cm　宣纸彩墨　2017

佛缘

多年之后的今天，我对于前半生的遭遇，除了心存感激之外，还是感激。那十年的忧郁岁月，尽管痛苦不堪，现在回想起来，却是甜美无比的经验，说真的，没有那段苦痛的日子，又怎可感到现时心灵的喜悦呢？我知道，有许多像我同样经历的女性，她们纵然不死，也会变得心如槁木，从此一蹶不振。每念及此，我除了替她们可惜外，能不为自己的遭遇而感恩吗？

2001 年的秋天，我经历了新婚后的忧郁风暴。欧梵陪伴我带着沉重的身躯回到香港，经老同事介绍，认识了一位女中医师张琛，依她服药，不过数天，竟然病有起色。她告诫我说："你屡次大难不死，应该多积阴德，多帮助别人，说不定菩萨要借助你的一支笔杆来救助别人呢！"师傅这一番话，我一直铭记心上，未敢忘却。同年，我就在偶然的机遇下认识佛教，对其产生了一种自然的亲切感，于是我开始信奉观音菩萨。

其实我的前半生，信的是耶稣；但在滚滚的红尘里，我与佛的缘分，却是无处不在，一旦机缘到了，佛就把我的生命带引到其莲座之下，从此我也心甘情愿地膜拜在其脚下。说到我与佛的缘分，算得上十分玄妙，尤其在最近的十余年。

我曾在梁羽生的武侠小说当中读到一段很有意思的故事，容我在这里跟大家分享：

清朝皇帝选民间女子入宫当妃嫔，中选者中，有一位已有情郎的女子。临进宫之前，女子跟情人说：“请君候我三年，三年间若未得入宫闱侍候君王，我定图谋机缘与郎共缔婚姻。”女子入宫后，有日在后宫抚琴消遣时光，被皇帝闻得琴音，追查之下得见此宫女面，遂得皇帝恩宠驾幸一夕。竟然珠胎暗结，诞下龙种，却遭皇后嫉妒，被驱摈冷宫终老。其情郎在外久候三年不果，心灰意冷，削发为僧，修行多年仍未悟道。光阴荏苒，几十年过去了，某日得宫中人带来信息，谓其旧爱侣欲与他谋面，僧人遂乘夜赶入宫中，正当他路经一宫室门前，见有数工人抬出一具面目丑陋、形容枯槁的女尸，僧人一心想着要见绝色佳人，哪想到在他眼前一瞥而过的干尸，就是他几十年来梦系魂牵的爱侣？他登时大笑数声，扬长而去，口中喃喃地说：“我终于看通了，人活在尘世中最终也不过是具臭皮囊，我又何必如此执着呢？哈哈！我得道了！”

我记得自己读到这儿时，心头为之一振，一道灵光仿佛在我眼前闪耀。瞬间我感到心胸豁然开朗，仿佛多年积压在心中的郁结被这句话打碎了，就像一块大石头落了地，我整个人变得轻松了。刹那间，我突然感到肚子咕咕作响，很饿、很想吃东西。在冲动之下，我立即给心理医生打电话："康医生，我下星期不来复诊了，我的病全好了。"从那一天开始，我的病真的好了，跟着的两个星期，我的情绪异常高涨，每天都有新的感悟，人也特别敏感。自此以后，夜里就是睡不着，我也在屋子里把物件东翻西弄的，就是一夜未眠，精神仍然良好。

这次的复原，真是一次神奇的经历，事后我并没有想到是菩萨的指引，直至1997年，第三次忧郁病来犯，菩萨又再一次给我提示。

那是1997年的8月初。从7月始，天气一直阴雨连绵。我是很受天气影响的人，那段时期每天做着一些奇奇怪怪的梦，例如一时感到自己飘浮起来，可以穿越高山，飞过大海，好不开心。一次噩梦之后，吓出一身冷汗，没过几天，我的忧郁病再次来探望我了。

这次妈妈晓得我病了，刚巧我们同住在新界，她把我接到她和继父的家。第二天的清早，妈妈带我到广州看一位信佛的气功师。我们坐车到了寺院，见着妈妈的师傅，方知道原来他香港的佛堂位处铜锣湾。师傅人很和善，并说我与佛有缘，欢迎我常到他这儿听经，但当时我对他说的话儿只当作"耳边风"，一句也没放在心上。

今天想来，佛缘那时即与我擦身而过，我却并未察觉。在我惘然的忧郁生涯里，佛缘一直如藕丝般似断若连地牵引着我，直至将我从美国剑桥市带回香港。

2001 年 8 月，欧梵和我经历了在美国的苦熬，感觉西药罔效，心想何妨回到香港试试中药。而我跟张琛医师注定有缘，她不单治好我的病，也引领了我信起佛来。事实上，菩萨让我悟出了一个道理：人生无常，应以平常心过日子。这又让我猛然记起余英时先生赠欧梵和我的结婚贺诗："欧风美雨历经年，一笑拈花出梵天。"岂不是应了我会信佛？会否也预示欧梵将来也会跟随我信佛？

诗的最后两句是"法维摩今证果，看笔底起云烟。"余先生早具慧眼，知道我俩都与佛有缘，成为他所说"修成正果"的印证。我们事后合写了《过平常日子》，此书在海峡两岸和香港的文坛上，确实引起过一阵骚动，也符合了诗的最后，佛与我的缘分可说是源源不绝地涌现。

我的病刚好，即收到好友白先勇兄送给我的一部《自在容颜》全书，包括三十三个观音菩萨和《心经》，还有白描观音像，都是奚淞所作。我打开书的首页，看见斗大的几个字"玉莹放心"，先勇兄说他在返台的飞机上读了《明报月刊》上欧梵和我合写的专栏，知道我患了心病。后来到了台北市，又即和友人奚淞见面，随即把奚淞的新作带给我。那次对话，我才知道先勇兄原来是个佛教徒，他曾安慰我说：“玉莹，忧郁病的根源来自于太执着，只要愿意把心放下，病自然就好了。”他的话太对了。与我所说“以平常心过平常日子”的想法，岂不是不谋而合吗？谁说不是菩萨借着友人的口和手，一直在牵引着我？只要缘分到了，奇迹就会发生。现在，我已心悦诚服地信了佛，义无反顾。

心绪之十五
75cm × 70cm
宣纸彩墨　2017

逐香之十　70cm × 35cm　宣纸彩墨　2017

子玉
12-10-2017

作画

距离上次发病至今，已过了七年有余，天可怜我，从此忧郁病也没再来侵犯我。虽然如此，欧梵和我每天并不敢放松防备，继续服食抗抑郁药。此外，自我的奋发还是十分重要的，我继续训练自己的思维方式，尽量从正面想事情，敞开心灵，接受各种新事物，不断开拓自己的兴趣，画画就是其中的一个例子。

作水彩画的念头是突然兴起的。从小到大，我不是个手脚灵巧的人。小学的美工课上，我成绩平平，顶多拿个乙等，尤其劳作一科，我时常做不出老师要求的样式来，至于绘画方面，更是绘不成图，往往“画虎不成反类犬”。几十年过去了，我还做着同一个噩梦——我交不出画作，被老师责骂。

在我改奉信佛之后，情绪改善了，对周遭事物的兴趣转浓了。随着丈夫旅游欧美各国之便，多有机会参观博物馆、美术馆，扩宽了我对艺术欣赏的眼界。各种艺术展品之中，我对于绘画，尤其喜爱。我之爱画作，是因为我对颜色的感觉，特别敏感。在未开始着手画画之前，我把对色彩的敏感能力，花在穿衣服的配搭上。故此我穿的衣服色彩缤纷，用色也大胆，无意中也配合了我作画的风格和色调。除了穿衣，连带我的烹煮方式，同样爱把不同颜色的蔬菜，凑在一起炒将起来，既富有营养又悦目，当然味道更是可口。

说到画画这玩意儿，转折发生在2005年。

2004年的秋天，欧梵从哈佛提早退休，返中文大学任教。我们决定在香港暂时住下来，我的情绪病逐渐安静了。原来容易焦虑紧张性格的我当然不可能完全变得轻松愉快。为了多花时间照料家里事，我把工作辞了，专心做个全职主妇。当主妇说闲是闲，但杂事却又是挺多的。况且太闲也会有愁绪的。那段时间，我看的画多了，常生起对画家的倾慕之情，希冀自己也能提笔画出一幅幅美丽的图画，那是多么令人神往的事情啊！可是我学画的历史却颇多坎坷。

回溯到在波士顿的时候，我有一次发愿到一个画素描的教室去，跟一位美国老师学素描，买了炭笔画纸，冒着大雪，上了两小时的课，就没有再去了，觉得看着石膏像画人像，实在太沉闷了。是我没耐心呢？抑或是老师教得不好之故呢？我想是前者原因多些。更重要的理由是：我这人不肯临摹别人的作品。以前学书法也有同样问题，不肯读帖、临帖及研究笔法。结果我写我的字，帖放在一旁，当然没有什么进步了。

另一次打击发生在几年前。欧梵在台湾大学当客座教授，有一段日子闲来无事，朋友带我去师大美术系的一位老师的画室学画静物素描。老师在我面前放置了两个橘子，要我依样描下来。他的课是两个小时的，我花了一个钟头的时间，已经把橘子画毕了，样子却是一点都不像眼前的物件，无论形象还是颜色都走了样。我心灰意冷之余，心中更感厌烦，耐着性子挨过了两小时，决定逃课，以后也不再去上课了。

由于我没耐性，始终没法为画画打下基础性的技巧。因此，我只能胡乱涂鸦作我的画了。2005 年的一天，我忽然很想作画，跑到文具店买了水彩颜料及画纸，回家画将起来。平日我很喜欢抬头观看云彩的变化，悠悠的白云化成各种各样的形象和色彩，引发起我无限的想象。初时只画浮云，捕捉变化万端的云彩。画多了，把河、湖、海也画进去，增加了画面的色调。我认为云和水的颜色可以随意配搭，无须依循一定的法则。云彩可黑可白，也可染红染紫，着蓝着绿更可以适随自己的喜好而更换了。海水的颜色何尝不是如此？于是，天啊，海啊，画个不停。画了大概两个星期，直至开始感到厌烦了，就停下来，竟然过了大半年，没有提笔作画了。

2007 年欧梵的友人毕克伟和他的夫人李淮来访。李准是在美国大学教书，也是个画评家。我把自己的涂鸦之作给她看，她鼓励我继续画，强调我不需要找老师教授画技，她说：“你是个随性的人，老师的教导反而阻碍了你的创作力。”我同意她的说法。从此更是肆无忌惮地“胡作非画”。我是个懒散的人，做事情没能坚持用功，时常采取一曝十寒的方法。十年下来，往往是每隔两年花四至二十天的工夫作画，每天两三个小时，可以完成十多幅作品。十年下来，已经积存了近二百幅了。现在有许多画可以展示于人前。

近两年，我作画的时间较之前多了，是因为我写作的心情淡薄了。专心静下心来写作比较不容易，原因是平常生活里杂事太多；出外旅游的次数频密，打破了日常生活的固定节奏，要随时定下心来写感受是不太轻易的事。随意作画——玩弄颜色，反而是件赏心乐事。每当心绪不宁的时候，就拿起画笔，随意在画纸胡乱涂色，下笔之始，尚不知描出来的是什么样的一幅图像，随着自己的意念流动，色彩的调配，画笔的移动，没超过二十分钟的工夫，一幅横看竖观均可以的画完成了。

作画的当下，我神思专注；只是眼睛盯着画纸，笔随着心念移动，颜色的调配也是随心所欲，顺手拈来，不需作任何理性的分析。画作完成了，满心喜欢地接受它、欣赏它。如此的一段作画过程中，心境从烦躁逐渐进入平静，最后是满足而喜悦的，我觉得没有任何事情比作画来得更自由自在、抒怀欢喜的了。自幼被外祖母严厉管教，养成了对自我要求甚高的完美主义倾向，在生活细节上，很讲求循规蹈矩，一旦认为某件事情做出来会利己利人，定会严格要求做到最好，也要求亲人做到如我一般。如此一来，精神会很紧张，不够从容自在了。可幸，在作画这件事上，我找到了舒缓的方法。既然画得有点抽象，不需要求细致的笔触，也就不理会画来像与不像，只要随心所欲地着色、运笔，用心去画就可以了。不需要依循任何法则，更不用顾虑别人是否喜欢，自己开心就成了。故此，在画画的过程中，我的情绪无论是喜是悲，都得到了完全的释放。

我之作画，纯粹为了自娱，从未想过有机会展示在观众面前。现在出版成书，主要也想让读者知道，画画是可以治疗情绪病的，我就是最好的例子。我患忧郁病多年，一直十分关注身边的同路人。如果有机会为他们做些事，尽点绵力，实在是件有意义的事。

无碍之五　50cm × 40cm　纸本水彩　2017

无碍之八
50cm×40cm
纸本水彩　2017

墨汁淋漓
化开了
活像一条条的小黑虫在白色的沙滩上
随意溜达
并向四面八方
上下左右移动
所到之处
留下奇奇怪怪的脚印
像什么东西
又不像什么东西
它忽而止步不前
似乎不想到沙里
谁知水里忽然跳出一条小鱼
在沙滩上跳跃
沾染了虫身上的墨汁
它上下翻腾的动作
沙地上又添加了更多图印
显得越发多姿彩

子玉的画

无碍之十
55cm×40cm
纸本水彩　2017

2017

无碍之十二
55cm × 40cm
纸本水彩　2017

无碍之九

55cm × 40cm

纸本水彩　2017

逐香之三十三
70cm × 30cm
宣纸彩墨　2017

逐香之三十四
70cm × 30cm
宣纸彩墨　2016

逐香之七 75cm×40cm 宣纸彩墨 2017

2017.5.15

逐香之四十一　70cm × 40cm　宣纸彩墨　2017

逐香之十三

70cm × 30cm

宣纸彩墨　2017

逐香之四
70cm × 30cm
宣纸彩墨　2017

逐香之五　70cm × 35cm　宣纸彩墨　2017

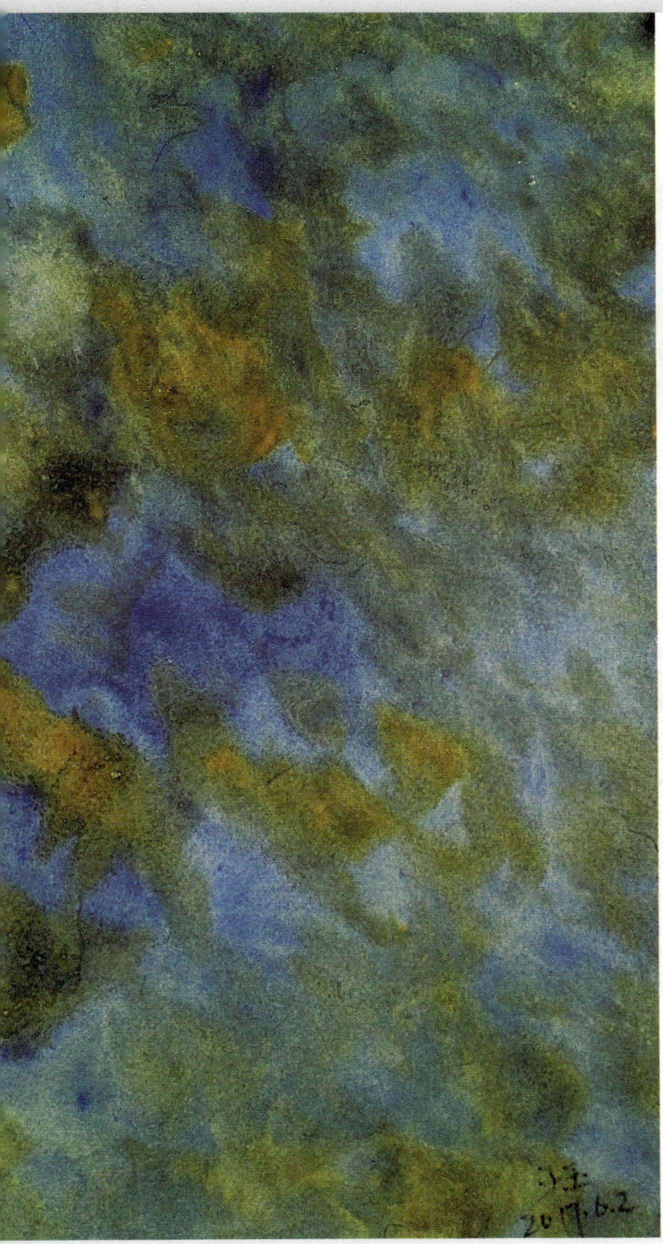

无碍之七
55cm × 40cm
纸本水彩　2017

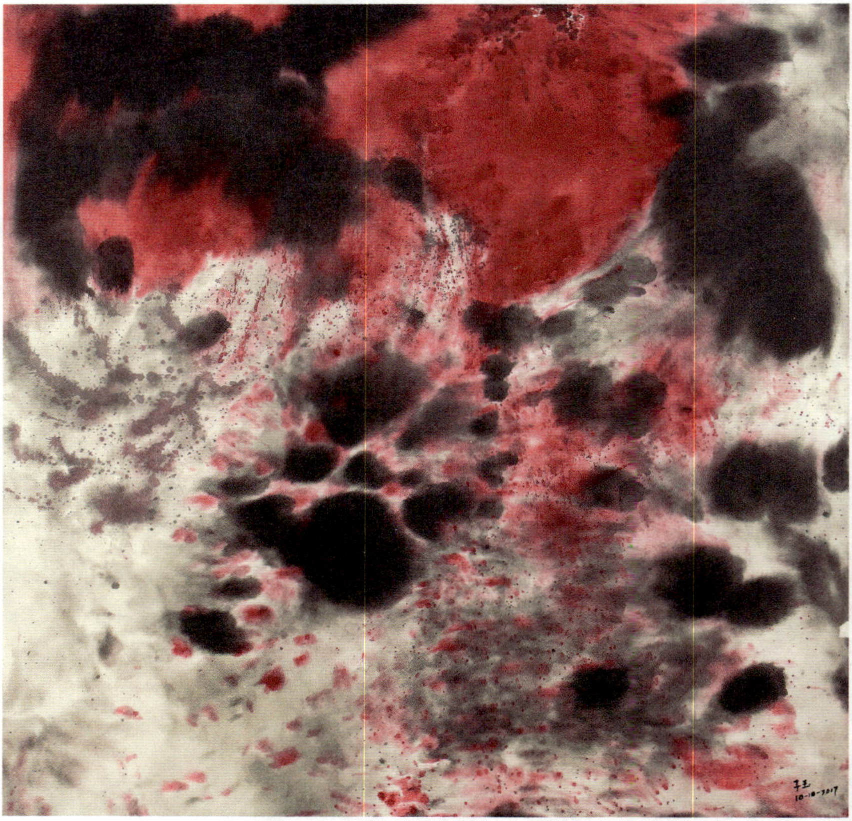

心绪之十二
75cm × 70cm
宣纸彩墨　2017

心绪之十
70cm × 75cm
宣纸彩墨　2017

逐香之一　70cm × 35cm　宣纸彩墨　2017

无碍之三十一
40cm × 30cm
纸本水彩　2016

逐香之六
70cm × 35cm
宣纸彩墨　2017

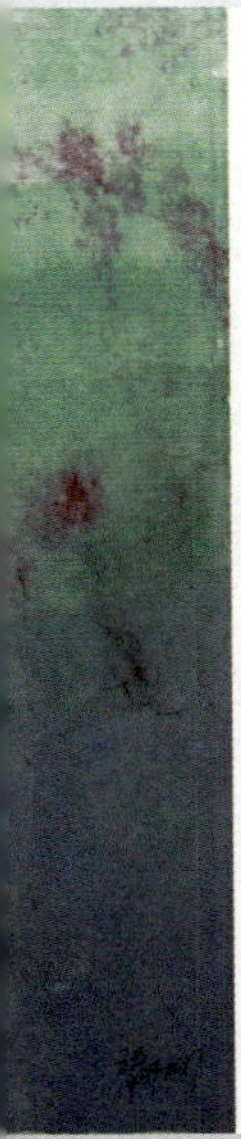

逐香之二十三
75cm × 35cm
宣纸彩墨　2017

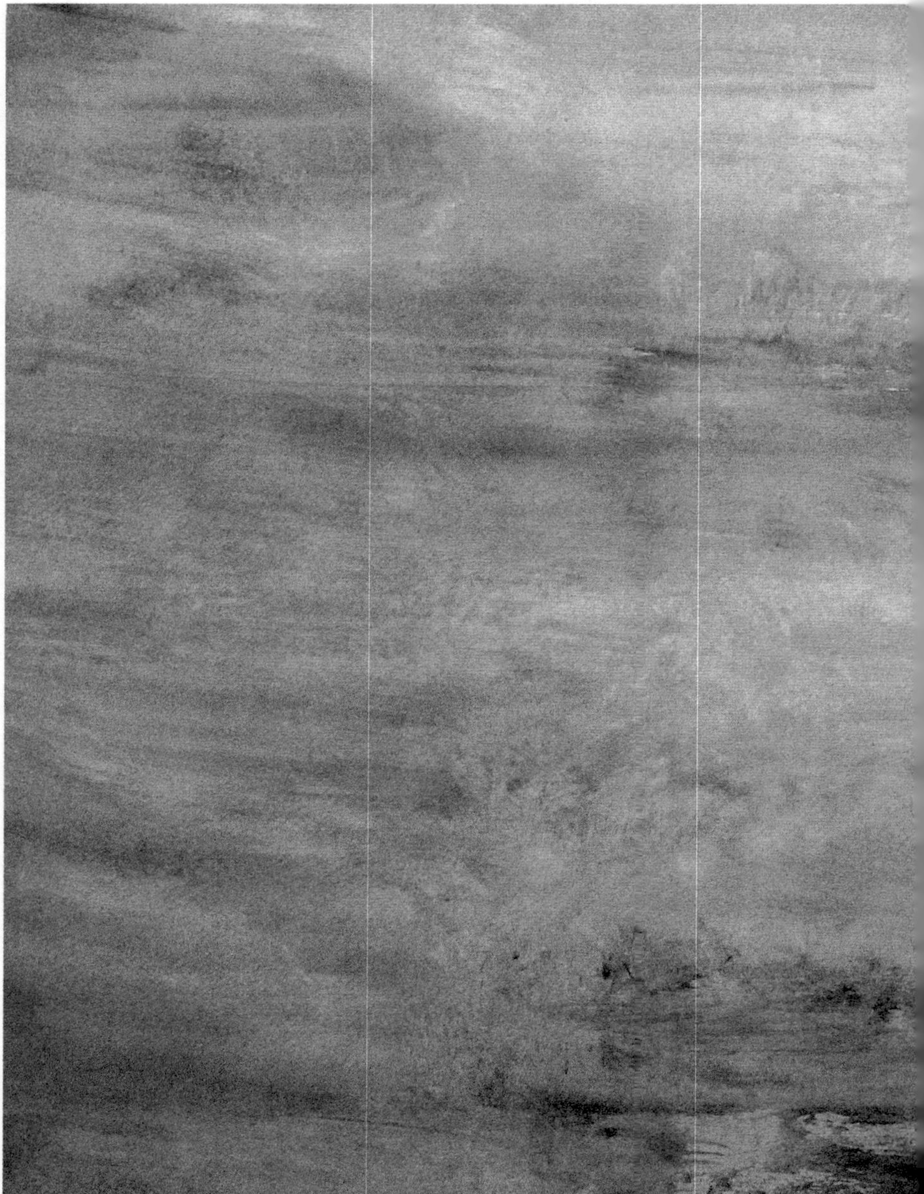

无碍之十一
50cm × 40cm
纸本水彩　2017

心绪之九
70cm × 70cm
宣纸彩墨　2017

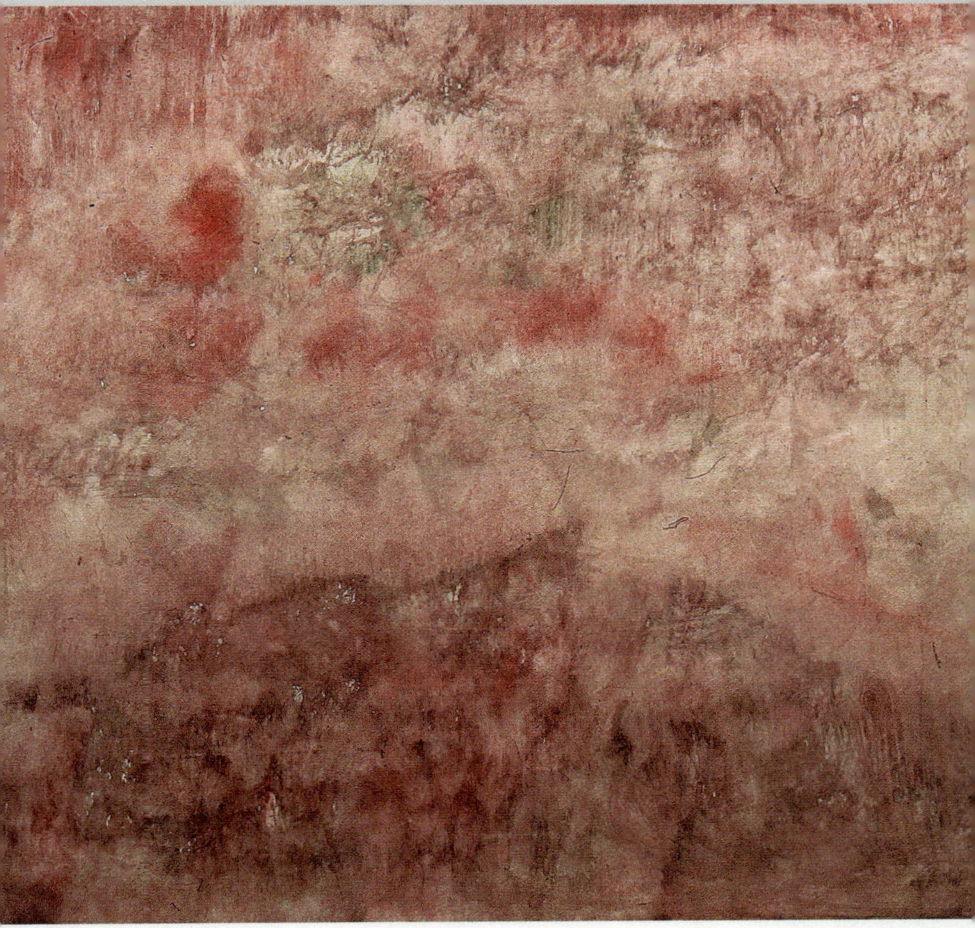

无碍之二十五
50cm × 40cm
宣纸彩墨　2017

无碍之二十一
55cm×40cm
宣纸彩墨　2017

无碍之二十六
50cm × 40cm
纸本水彩　2017

无碍之二十九
40cm × 30 cm
纸本水彩　2017

那时之三
45cm × 35cm
宣纸彩墨　2017

逐香之四十七
65cm × 30cm
宣纸彩墨　2017

逐香之四十六
65cm × 35cm
宣纸彩墨　2017

无碍之三
55cm × 40cm
纸本水彩　2017

心绪之二十一
120cm × 35cm
宣纸彩墨　2017

心绪之二十
120cm × 35cm
宣纸彩墨　2017

那时之四
35cm × 35cm
宣纸彩墨　2017

2017 5 13
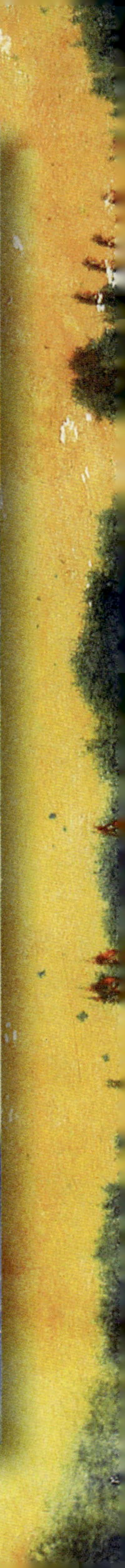

那时之五
40cm × 35cm
宣纸彩墨　2017

逐香之三十一
70cm × 35cm
宣纸彩墨　2017

逐香之十六
70cm × 30cm
宣纸彩墨　2017

心绪之十九
75cm × 70cm
宣纸彩墨　2017

心绪之十六
75cm × 70cm
宣纸彩墨　2017

青山渺渺　绿水迢迢
柳绿花红开遍了　一重又一重的山峰
云霞盖过了　一叠又一叠的峭壁
绿水被朝霞染成了
金光与绚红的色彩
遇到乌云满天的大白天
绿水变得污浊　不带一点光彩
人生的遭遇　何尝不也是
时而色彩斑斓　时而乌云满布
若以平常视物　每天都是风平浪静
看山是山　看水是水

子玉的诗

心无挂碍

（有一年的某一天　白先勇义兄捎来一部图文册
奚淞师兄《自在容颜》　白描三十三观世音菩萨圣像
及《般若波罗蜜多心经》　白兄题：玉莹放心）

菩萨的慈悲相感动我　心无挂碍
无挂碍　故无有恐怖
远离颠倒梦想　究竟涅槃
三世诸佛　经文抚平我焦躁的心灵

原来就是如此简单　心放下
放在菩萨的脚下　就像那天在海南三亚
抱着他的脚　许下心头愿望
当下心境一片澄明　心无挂碍

逐香之三 70cm × 35cm 宣纸彩墨 2017

那时之十四
40cm × 35cm
宣纸彩墨　2017

去我执

过去　总以为自己比谁都不幸
比谁都不开心　比谁都重要
比谁都了解自己　比谁都爱自己
现在　却发现自己原来是最幸运的
原来是很快乐的　原来自己一点都不重要
原来并不了解自己　原来并不爱惜自己
如果要活得快乐自在　就得
放下自己　原谅自己
爱惜自己　信任自己
宽待自己　放空自己

执着自我　是一切烦恼的来源
放下自我　是一切喜乐的根源

逐香之十八
70cm × 30cm
宣纸彩墨　2017

子玉
2017-6-8

逐香之十五
70cm × 30cm
宣纸彩墨　2017

那时

少年十八二十时　我写了这样的一首诗
独行江上路　压脑两三星
孤舟悬客梦　冷月吊孤伶
如今　到了耳顺之年
我画了一幅画
人间四月天　我和老伴摇橹西湖
夕阳西下　金光灿烂
洒满了一身　温暖了我俩的心
岸边传来吱喳的鸟鸣声
唤醒迷醉的心神　回到美好的当下

逐香之四十三
70cm × 35cm
宣纸彩墨　2017

那天

欢梵看了我的画作了这样的一首诗

我翱翔于云层之上　星光灿烂照耀了半边天
宇宙在我的脚下呼唤我　仰望穹苍
看见一朵小白莲

今天　我为自己的画写下了一段文字

闭目养神片刻　随意挤出五色油彩
信手拈来一支笔　随心在纸上涂抹
笔锋跟着意念游走　走到哪儿是哪儿
不刻意控制思绪　不介意画的模样
不要求色彩是否调和　不刻意求功
任由色彩自然糅合　任由笔端自由走动
顷刻间　一幅美丽的画面悠然呈现在眼前
我的心情充满了愉悦
感恩上天赐我这支“神来之笔”

小白莲

我看见莲花在池塘中
红的
白的
浮谁在水面
片片莲叶如雨伞般护着花儿
不让她受风吹雨打
我从小特爱莲花
更愿化作一朵小白莲
受到翠绿的莲蓬庇护
不受淤泥玷污
如今 有幸地
我依傍在一叶硕大的莲蓬下
生长得越来越明丽可人
却依然是朵小白莲

逐香之三十二
85cm × 35cm
宣纸彩墨　2017

星光

如果　你要看星星
灿烂的星星　明亮闪耀的星星
一定要在黑暗而宁静的夜晚
或举头望天　或仰卧在草地上
以澄明的心灵　以清澈的眼睛
接触它
他会告诉你一些不为人知的故事
那就是星星的秘密　宇宙的奥妙
你的心胸会豁然开朗
不再执着那些琐碎繁杂的尘世事
因为你知道　他的存在是
自有永有　无量无边
高不可测　深不可量
我们这些凡人　又如何能明白它呢?

丛林

我走进一处茂密的丛林里
寻找心灵的归宿
脚下泥泞满路　荆棘拦住道途
阳光挡在树林外
我踽踽而行　艰苦尽尝
没有看到出路　心下惶惶
举头仰望长空
在漆黑的夜空中
看见了　一轮明月
点点星辰
引领着我出丛林
迈向远方前进

生

生

甫出生　即走近死亡多一步

有生必有死　生亦无喜

死亦何悲

老

生长日渐久　颜面必然衰败

如花之缺水　如草之缺养

不复昔日之光华

病

躯体久失衡　气血亏损

心疲气弱　一片衰败之象呈现

此乃自然境况　宜以平常态视之

人生本是无常

有健康之时　当有病之时

死

死被称为往生　非永久消失人间

是轮回　世再复来　以旧躯换新体

岂不快哉

故死不可悲　生不可喜

然乎

那时之一
35cm × 35cm
宣纸彩墨　2017

圆满之五
33cm × 33cm
宣纸彩墨　2017

圆

偶尔拿出来一张圆形纸　心想着圆满
勾画出圆融有致的人间风景
或山峰　或湖泊　或花草树木
或日月星辰　或天与海
色彩缤纷　或明或暗
或红或绿　或鹅黄或翠绿
光影晦明之间　隐藏着黑暗中的神秘
显露出光明里的幽暗　诱人生起无限遐想
它可以是桃花源　也可以是宇宙洪荒
看着想着　进入禅修
以心观圆　始得圆满

花

我走进一个长满花朵的园子
红的绿的紫的黄的蓝的
穿着七彩衣裳
香气杂陈
吸引了
那些逐香之夫
浓烈的香味从来不是我所爱的
只喜欢淡淡的气味
那种
若有若无的
孤芳自赏的
气息
我驻足花前
轻轻地嗅着
我的鼻息和她的气息
混合一起了
气味相投
她在我的耳边细语
我的耳朵像被蜜糖水灌满了
流进了嘴巴
甜丝丝的
滋润了我的心田

那时之十二
40cm × 40cm
宣纸彩墨　2017

那时之二
35cm × 35cm
宣纸彩墨　2017

一颗心

从前　长有翅膀的一颗心
飞到一个小女孩身上
她　敏感　善良　纯真　温柔
而后人生沧桑虚度
磨难此起彼落
她　伤心欲绝　决心求死
委曲存活　虽生犹死
十年郁结意难忘　苍天有意怜芳草
千里姻缘一线牵　丝萝尚幸托乔木
而后
她　自信　自重　自爱　自在
失去的心又再次飞回
却换来一颗　菩提心

菩提心

她的身上插了翅膀　喜欢在花间飞舞
寻找花蕊　传播花粉
滋养花朵　她到处飞翔
在
花丛　树林　山峦　湖泊　沼泽
所到之处
以
温情　理性　安慰　谅解
说之以理　动之以情
令
心花怒放　让花解语
她
拈花微笑　飘然隐去

无碍之二十四
55cm × 40cm
纸本水彩　2017

海天一色

我是天空中的一只鸟　整日翱翔在长空
天空爱穿各种颜色的衣裳
白的蓝的金的　有时候是灰黑色
我独爱　白色　蓝色
一阵风吹过　白云拢在一起
堆成一座座的小雪山
风又来了　溶化了白云
蓝色争出头来　染满了一片天
俯瞰大海　看见了
绿色　灰色　有时蓝色　甚至褐色
微风吹拂　水面起了皱纹
阳光照耀　波光现出鳞片
我希望　天空永远蔚蓝　大海永远平静
自己永远自由

希望之光

独在黑夜的森林里赶路
看不见前路
脚下沼泽阻道
眼前荆棘满途
我踽踽而行
四野无人
耳畔传来蝉鸣鸟叫之声
举目仰望天空
朗月与星星伴着我走
温暖了我的心
行行重行行
忽然看见前面不远处
透出一道明光
于是，我朝着有光的地方前进

逐香之三十　75cm × 35cm　宣纸彩墨　2017

我愿意化作一泓绿水
依着青山漫漫地流淌
滋润着路旁的小花嫩草
慢慢地茁壮成长
人云青山不老
我愿绿水长流
不老的青山长存
永作人间的典范
长流的绿水不断
永作河旁的守护神

子玉的朋友

那时之十
35cm × 35cm
宣纸彩墨　2017

图为心声

——李子玉的素人画

文 / 白先勇

李子玉天生便有艺术的气质与品味，尤其对于色彩，她特别敏感。这些年我观察下来，她身上的穿着，色彩配搭，好像从来没有弄错过。即使是红、黄、蓝的原色对撞，她似乎也总能安排妥当，不会让人看着刺眼，可见李子玉对色彩的调配，自有她一套看法。从她几本书看来，无论她写到自己的感情、身世、宗教情怀，甚至广东人最拿手的厨艺——煲汤，处处都显出她的细心、敏感。也许李子玉这个人太过敏感了，在她年纪还相当轻的时候，便患了忧郁病，有几次还严重到伤害自己的程度。后来幸亏她夫婿李欧梵的贴心照顾，加上她又找到宗教（佛教）的皈依，才终于走出了阴霾，祓除了紧缠着她的心魔，而且勇敢面对自己，写出了一本自白书，把她那些年如何被忧郁病折磨，如何与病魔纠缠，最后又如何征服它的心路历程，巨细无遗，娓娓道来。她好像突然挣脱了多年的禁闭，要向世人倾诉她被尘封多年的“心里话”。但文字有时不一定能够捕捉到内心一些细致抽象的情绪感觉，于是李子玉便开始画画了。图为心声，图画似乎更能够下意识地表达出一个人的内心世界。

李子玉述她画画的经过颇有意思，值得玩味。她开始想画画的时候，曾经去过画室跟老师学画，从基本素描开始，可是去了几趟，她便放弃了，因为一本正经地学画，她并没有觉得受到启发，于是她便自己随意涂鸦起来。过了一阵子，她又回去画室去跟老师学画了，大概她觉得既然要画画，还是受过正规训练比较好，可是不行，画室的规矩她无法遵守，她又从教室跑出来了。这一下子，李子玉似乎得到了解放，她随手挥洒，一幅幅五彩缤纷的画作便自然而然地涌现出来了。她的这些画，全是抽象的，靠着色彩的无穷变化，李子玉好像在写一首首抒情诗，春夏秋冬，从鹅黄、嫩绿到冰寒的灰与蓝，她其实是在诉说她内心情愫的起伏荡漾，阴晴不定。她是个细致的人，对色彩的变幻又特别敏锐，所以她的这些彩色抽象画，有唐人绝句的精巧玲珑，她的画中有诗。李子玉的画作，没有跟随任何派系，浑然天成，不带匠气，是素人画。她以她的画，在吐露她的心声，在诉说她内心底处，用文字写不清楚的彩色故事。

无碍之三十
40cm × 30cm
纸本水彩　2016

逐香之十九　70cm × 30cm　宣纸彩墨　2017

2017.5.19

那时之十八
35cm × 35cm
宣纸彩墨　2017

抽象的抒情，神奇的意境

文 / 李欧梵

子玉的画，令我惊异，也不知所措。我曾写过一篇短文，交代她初时绘画的经验。记得其中提到杭州的两位朋友要把她的几十幅习作在一家书店和一个小画廊挂出来，不能算是正式的画展，但正适合她作为“业余”画家的身份。不料展出后竟然发生“滚雪球效应”，杭州的另一位我们新交的朋友郑昀主动提议，今年秋季要为子玉在莫干山的一家公共图书馆开一个画展。杭州真是地杰人灵，我们每次去旅游，都交到新的知心朋友。

也许恰恰是因为子玉的真性情的感染，朋友们都自动自发地为她张罗，并鼓励她继续画下去。消息传开，台湾的朋友更是好奇，纷纷嚷着要看她的画，于是我请我的学生把她的十几幅画照成相片，放在她的手机上，台湾的知名学者郑文惠看了，甚为感动，买了各种画纸和大大小小的画笔，要子玉尽情地画下去。另一位女学者胡晓真（也是台湾“中央研究院”文哲研究所的所长）说：文哲所楼下有一个空间，专门展览所里同人或其他朋友的业余作品，如摄影、书法和绘画，我们在香港的好友郑培凯刚刚在那里开了他的书法展，子玉的画正好适合在那里展览。香港三联书店的湾仔分店，也有类似的空间，于是也想拿几幅子玉的画去展览。

这一连串的“偶发事件”反而令我感到尴尬，更有点歉疚，仿佛像个局外人一样，只能作壁上观。作为子玉的丈夫，我当然高兴，但从来没有想到她除了写作之外，还有这个天分。一旦奇迹式地出现了，当然鼓励她继续，但要听其自然，以道家“无为”的心态，随兴之所至，任意挥洒。我把它当作我们夫妇平常的点缀品，正像我听音乐时随兴挥舞指挥棒一样，从来没有想到朋友们对子玉的画反应这么热烈。因此从“私人领域”突然进入“公共领域”，我有点无所适从。子玉有时会半开玩笑地说：“你老是为别的书吹捧，可是从来不谈我的书！真是个知识分子，包袱那么多！”不错，我就是为了要避嫌，不敢公开承认我妻子的艺术禀赋，但避得太厉害又变成了逃避责任，为什么不可以坦然面对这个事实：子玉的画，不但对我，而且对几乎所有的朋友都有感染力。原因何在？郑昀为我们出了一个点子：多请几位朋友写点感想，不是画评，而是从画中看到的性情，然后收集在一起出版。这又是一件我意想不到的发展。看来这个“雪球”已经滚成“热火”了。

近年来，我一直从旁边鼓励子玉画画，目的全是为了她可以借此纾解情绪，因为我坚信绘画可以修身养性，保持身心的健康和平静。然而，自从她开始“涂鸦”之后，几乎像是发现了另外一个快乐的源泉，每天上午，我在书房工作，她在餐厅展开画纸和颜料，开始进入她的另一个神奇的世界。我在电脑前赶写文章，绞尽脑汁，正一筹莫展的时候，她就会冲进来叫：“老公，老公，你看看，我又画了一幅！”我转头望，她双手拿着一幅神奇的风景，画迹还未干，我看得目瞪口呆，怎么这么快就画好一幅？更使我惊喜的是她的脸色，这么光彩耀人，像是个十八岁少女第一次穿上新装那么兴奋。一刹那之间，想到多年前她的忧郁病复发时候的样子：枯黄幽暗的面孔，默默无神的眼睛，低垂的嘴角，真是恍若两人！一股心酸涌上心头，我的眼睛有点湿润了，赶紧打住，立即装模作样地点评起来：“精彩、精彩！你怎么画出来的？色彩怎么调的？真是不得了，好，我买下来了，一百块港币！”子玉翘起眉头，故作娇嗔，骂我夸张，其实不管是什么玩笑话，我心里着实欢喜。这是一个无法解释的奇迹，我也只能用“神来之笔”或“若有神助”这类字眼来形容，因为她从来没有受过任何素描的训练，怎么画出来的？反而当她向专业画家请教时，个个都劝她不要拜师学画，都说子玉的画风早已成风格，还是自由发挥比较好。无论如何，子玉终于找到个使她快乐的玩意，也为我们的平常生活添加了无尽的乐趣，我也安心了。幸福从她的画笔中自然流露出来，那是几百万也买不到的。当然我要用尽方法鼓励她继续画下去。

我对她近来的进展，真有点瞠目结舌。她画得似乎更自由了，恣意挥洒，气派也越来越大，各种色彩在画纸上汹涌荡漾，不见得每一幅都鲜艳，但动感十足，一幅接一幅的奇异风景，像电影中的蒙太奇镜头展现在眼前（如果在手机上看，更是如此）。于是我问她：灵感从哪里来的？怎么构思的？哪里开始着笔？其实早知道她会怎么回答：事前根本没有构思，随便从哪里开始，只不过画的时候，有些变换，有时候用“干笔”，有时候用“湿笔”。朋友劝她可以试试“泼墨”的手法，于是她就蹲在地上作画，画纸也越来越大，客厅遍地都是刚画完的“巨作”，寸步难行，有时候还放在饭桌、我的书桌、练功椅甚至卧房的床上，琳琅满目，也令人目不暇接。早晚的光线不同，画中的光彩也迥异，有时候我故意要她把画颠倒来看，效果反而更佳，原来欣赏画也可以如此自由自在，其乐无穷。

她对自己的画只有一个定义：抽象画。妙的是她自己也不知道抽象画在现代西方艺术中的划时代意义。我猜她心中的“抽象”，指的是和她写作的写实风格做对比：她写作时只能用第一人称，照实地把自己的经验（特别是忧郁病）和盘托出，也许正因为她写得真实亲切，所以引起读者的共鸣。然而她的画风却大异其趣，没有真实的人物素描，也没有生活环境的勾画，内中只有色彩的交织，而且看来令人震撼。也许可以当作一幅幅的“内心的风景”（inscape）来看，然而那种“心境”是激荡的，像是发自一股感情的激流。然而大部分画的背景还有依稀显然的痕迹：山、水、云、树木、土地，这些都是时常出现的“隐主题”，只不过变了形，经过色彩的变奏，构成另外一个神奇的意境。这个“无心插柳”而诞生的小宇宙，连子玉自己都感到吃惊，怎么会画出这样一个奇异的风景？当我们夫妻同时观赏的时候，似乎也不知不觉进入画境，在内中找寻意义，也在摸索彼此的心灵。

我真不知道如何来形容这感受，有时好像被疏离了，被抛弃在画的外面，但有时又和子玉的看法极其相似，仿佛被同样的情绪所包围。总之，这是我前所未有的感觉，让我重新认识子玉的心灵。近年来，子玉默默参习佛学，所学心得，说不定也不自觉地渗入她的画中，有几幅画，是她参悟《心经》中“心无挂碍”的意义，有所感之作。我依然懵懂，为世俗之障蒙蔽，觉得自己还有一段修炼的过程。总之，子玉的画又进入一个新的阶段，在她的画前，我感到一份前所未有的谦卑。

无论如何，我最感欣喜的是：子玉对绘画有了信心！这一种信心的建立，是任何心理医师教不来的，连我这个丈夫也帮不上忙，只有她自己培养，也许无形中也借助了一点菩萨的恩典。子玉将来不会成为职业画家，也不会以卖画为生，朋友们欣赏的也不是任何专业性的造诣，而是画中流露的子玉所独有的性情，一种生命中自然流露的真性情。

圆满之一
33cm × 33cm
宣纸彩墨　2017

逐香之四十四　70cm × 35cm　宣纸彩墨　2017

2017-6-9

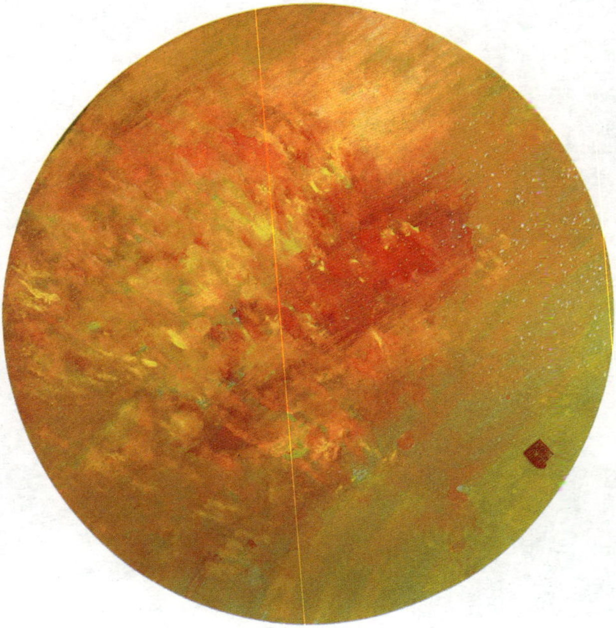

圆满之四
35cm × 35cm
宣纸彩墨　2017

彩色的诗

文 / 王德威

子玉的画令我惊艳。这不是说她的画作技巧多么纯熟，或题材多么高妙。子玉的画其实是简单的，没有繁复的构图，只见漫延的色彩，橙黄、深紫、天蓝、柚绿、猩红、赭黑…… 以不同方式相互遭遇。有时是花雨般地纷然播散，有时是流云般地浮动游走，有时是块垒般地此消彼长。这些颜色如此直接地，甚至坦然地要唤起我们的注意，让我们直面世界中种种斑斓色调。其中的意蕴如何，反而是次要的了。

有多少时候，我们昧于生命的“本色”，刻意遮掩、混淆，甚至注销一切原该如此的缘由，代之以重重积淀的粉饰。我们逃避晦涩黑暗的境遇，却难免同流合污的诱惑或疑惧。我们向往“白茫茫一片真干净”，得到的却是“欲洁何曾洁”的教训。子玉的画却仿佛有意穿透这一切，回归色彩——生活的色彩，情绪的色彩，想象的色彩。让混沌遇上纯净，让忧伤遇上欢乐，让线索遇上偶然。

子玉曾经走过生命的幽谷，她的画也许见证了自己的经验，也反映了其中的挣扎和解脱。那漫漶的红潮如此逼人，那棕黑和墨绿的碰撞如此突兀，而重重叠叠的深蓝湛蓝仿佛有了山雨欲来的气势。但无论如何，这些画拒绝诠释，只让颜色呈现、彰显种种流动的感觉和想法。

这让我想到了艾青的一首观画诗，《彩色的诗》：

画家和诗人
有共同的眼睛
通过灵魂的窗户
向世界寻求意境
色彩写的诗
光和色的交错
他的每一幅画
给我们以诱人的欢欣
…………
新的花、新的鸟
新的构思、新的造型
大理花的艳红、向日葵的粉黄
洁白的荷花、绣球花的素净
…………

线条中有节奏
色彩中有音韵
…………

艾青这首诗是献给他的老师林风眠的。林风眠是二十世纪中国最重要的画家之一，但他一生经历过太多的颠簸。在一个现实主义挂帅的时代里，绘画也必须微言大义起来。林风眠却拒绝了写实。他明白，生命如此复杂多变，哪里是区区的“写实”能够表达的？他实验线条，锻炼风格，挥洒色彩，创造了自己的世界，也以此注定要遭受批判。“文化大革命”时他亲手毁灭了上千画稿，仍然不免锒铛入狱。1977 年，林风眠获准离开内地，来到香港。在香港，他的画风豁然开朗，仿佛火山爆发，一路燃烧到生命尽头。

艾青的诗写于 1979 年，正是看到老师新作有感而发。艾青早年习画，赴巴黎以后改行作诗。但他对文字和色彩的敏锐，显然始终如一。从林风眠的画里，他看到了蛰伏已久的生命重见天日，没有矫揉造作，只有色彩线条构成诗般的呈现。艾青感动了，因为从中他看到了画家“明心见性”的一刻。

子玉的画无从和林风眠相提并论。但子玉所期望调动的色彩，所形塑的视野，其真挚有情处又何曾小于大师？这些年来，子玉寻寻觅觅，找寻身心安顿的方法，也将所得的经验付诸文字。而这一次她让我们惊艳：她以自己的方式，安静地，专注地，画下自己的“彩色的诗”。

无碍之十三　55cm × 40cm　纸本水彩　2017

那时之八　35cm × 35cm　宣纸彩墨　2017

六十年的童子功：子玉画画

文 / 毛尖

李子玉是我的老师李欧梵先生的太太，自结婚后，他们永远在一起出现。李先生开什么会，都带着太太，吃什么饭，都带着太太。每次，师母都打扮得光彩夺目，李先生则笑盈盈地享受众人对子玉的夸赞，也从不谦虚，偶尔宠溺地说一句："就是这个涂脚指甲油我看不惯。"

当然他其实是什么都看得惯，因为李子玉是岁月给他的奖赏，半辈子的光棍和准光棍日子结束后，欧梵老师久旱逢甘露地有了不去图书馆不去音乐会的夜生活，他有时粉绿有时粉红地到上海来，让人一看就知道家有贤妻。不过，这两年，情形变了。

去年他们到上海，见面握手拥抱好，一桌子人落座，我们问李先生这次是来开什么会的，欧梵老师一杯啤酒下去，朗声宣布：这次是我跟老婆来的，她开画展。以前李先生喜欢说，他是师母的“走狗”，这次算落实。

不过师母开画展，说实话还是把我们吓了一跳。她喜欢做菜，写一本《细味：食物的往事追忆》很自然；她有抑郁症病史，几经复发终于战胜让欧梵老师簌簌发抖的疾病后，写出一本《忧郁病，就是这样》，大家也只觉功德无量，但是画画，那不是要童子功的吗？

子玉大大方方地亮出她的画，一张张看过去，我突然明白，原来是她一直在童年，这些画，就是她的童子功。她孩子一样想象天空、时间和大自然，孩子一样给天空、时间和大自然穿上各种衣服。岁月流逝，我们失去翅膀，失去飞的能力，子玉却一直小龙女似的除了辈分高一些，容貌心态都不曾改变。人群中，她穿得最漂亮笑得最响亮，我每次站在她边上，就觉得自己是“老司机”。她在马路上走，好几次遇到“刚好缺十元车钱”的骗子，我告诉她那是骗子、骗子、骗子，但是她还是要拿出二十元钱。

所以，有时看欧梵老师和她互相搀扶着过马路，我会有一种上去保护他们的冲动，这个世界很乱，你们知道吗？

他们知道。因为知道，欧梵老师宠着他如花似玉的妻子，他为子玉的书站台，还在台上按子玉的要求示范他们的家庭操。我在台下看，开始觉得不忍心，后来觉得很开心，因为在子玉的心里，名满天下的欧梵老师也就是个普通丈夫。也因为知道，子玉用画笔为自己为丈夫画出一个更明亮的世界，在这个世界里，他是亚当她是夏娃，他们也有失乐园的苍白时分，但是，他们始终手牵着手，始终。

这是子玉画画的意义。她大概永远不会成为一个学院派意义上的画家，因为她的笔触是稚嫩的，她的比例是儿童的。但是，她用这些画作示范了一个人的童年期可以多么漫长，一个人，可以用六十年的童子功来和世界抗衡。

这是师母送给老师的伊甸园，就像《雾中风景》的结尾：如果你愿意，你可以重新创造这个世界。

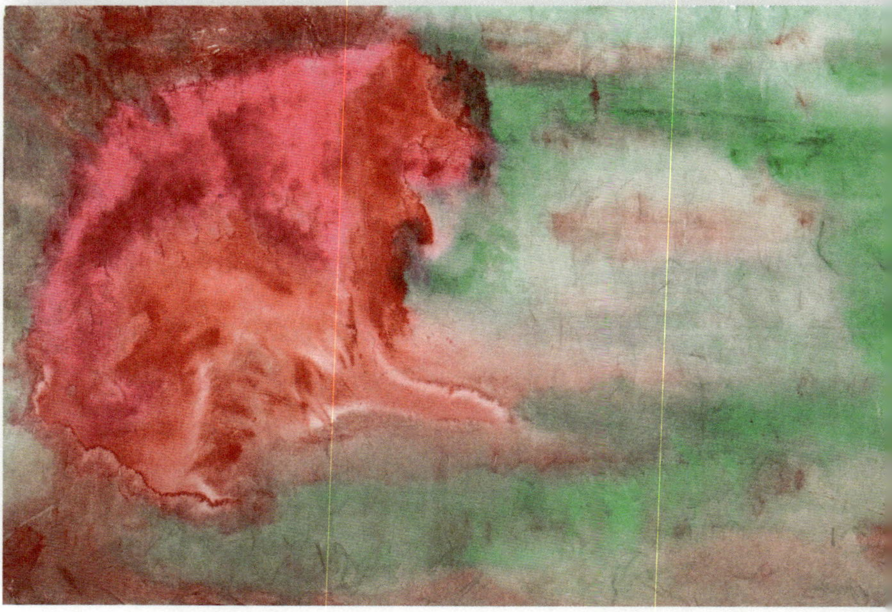

逐香之四十五
70cm × 35cm
宣纸彩墨　2017

逐香之四十二
70cm × 40cm
宣纸彩墨　2017

逐香之二十八　40cm×70cm　宣纸彩墨　2017

天赋华彩迟到来

文 / 阎连科

一如没有想到李子玉女士会提笔写作，也很难有人想到她会握笔画画，且在某一天里，进行郑重、庄重的画展。阅读她的画作，总是让人想到葡萄牙那个叫若泽·萨拉马戈的人，前半生似是作家，又实为生活中为他事争强的一个常人，直到六十岁写出《修道院纪事》后，人们才惊呼原来他是一个天才，是葡萄牙最伟大的作家之一，是为葡语世界赢得瑞典荣誉的仅有。这和李子玉女士的世景不说多么相似，至少在他们生命的过程中，有着彼此季节的重叠与吻合。都是前生匆忙急促，而在人生的后半程，开始了一种坚定的从容与才情的舒展和绽放。

站在李子玉女士的画作前，无法相信这是一位岁在七十而偶然拾笔着色的人的画，绚丽、灿烂，有种宽阔的明亮和对生命悟尽意义后的爱，在其所有的作品中都鲜明地写着、铺展着。天赋华彩，因为迟来而绚丽，因为绚丽才迟来。面对这些作品，一一阅尽，寸寸及目，哪怕是一幅色彩模糊、底色阴暗的云天之彩谱，也一样让人读出生命和情绪在那画中的激荡和流淌，读出一个人在她阅尽人世、人生后的一种博怀的爱和无尽的容纳及释然。

三十几幅作品，或大或小，或明或暗，一律不预名称，不赐编号，就那么有序地展开和推来，而又一律都是大自然和宇宙中我们人类最为熟悉、亲近又最为难以捉摸的云天、日色、光柱、遥远的大地及天地相连中的混沌和色彩。美的美到梦幻和神界，暗的又决然不暗到让人窒息和战栗。灿烂、强烈可如凡·高样，但其昏黑和撕裂，又决不到凡·高的绝处让人发出难忍、难耐的惊叫声。

这种对自然与生命的爱，乃至于包容一切的宽容，都在她的画中让人体味和感受，而那种幽深处的绝望和战栗，她却一定要把你和它拉开并给你一种安抚和温暖，哪怕是一片昏色中的一道光，一池黑暗中的几滴亮色和暖意，都让人感到一个女性对人与世界的理解和胸怀。这种爱，这种明亮、暖意和安抚，在一幅作品中是微笑、偶然和情绪的转变与暖化，但若在所有的作品中，都以不同的色彩、光变和角度出现在她作品的布局和构思，那就不再是一笑、一抚和一种温暖心，而是一种人生观、世界观和只有女性才可能有的博怀心和柔爱心。

真的是被这些画作的纯净和明亮击中了，如黑暗中被无尽的荧光、月色和日出后的绚丽照透并惊呆了样。即便不懂文学以外的所有艺术与术艺，也还是忍不住为这些画作感叹和呓语。小说是需要有人看懂而为之感叹的，哪怕看懂和感叹的只有一个人。但绘画，却不一定要你懂，只要你有所感叹就行了，乃至足够了。

把毕加索的绘画法技留给别的人，我们只要那作品前的感叹声；把莫奈在荷叶上的神笔纤微留给别的人，我们只要他花园中的感叹声；把品评这些云雾、日色、天地、远陌和近水的画法技语留给别的人，我们只想在这一番天然浑成的绚烂前唏嘘出自己的感叹声。

萨拉马戈在写出《失明症漫记》的黑暗后，旋即又写出了“复明”的光色和艰难。从“失明”到“复明”，这不仅是故事的更替和转化，也是一个人对世界认识的变化和转移。李子玉女士曾经多年为自己的抑郁症困扰、治疗和奔波，精神的疲惫和灰暗，她有其著作坦言，而其在晚年又创作出如此一批博怀、纯美、至爱的画作来，这种来自生命和对世界更为明透的理解、联系与应照，也正如萨拉马戈从“失明”走向“复明”样，没有岁月的数量和她对人生及生命寸寸叠加、步步走来的感悟和不禅自禅的参透心，怕是难以随手拈来和一夜而成的，即便她身边有一个学问家，也不能让她拿了手杖就一跃而跳到云端。

面对今天的李子玉和李子玉的画，无论这画有一天价值连城或终生都是自家和亲友墙壁上的装饰物，她都已经成功或说非常成功了。因为她在自己的人生和画作里，都已经淋漓地表达了她的绚丽、纯净和胸怀。且她的人生和她的画一样，已经成为这个世界的一部分，每天都在无数人的目光中和人们的话隙里跳跃和走动。而今她又有了这些柔阔明丽的画，人和人生怕越发要成为香港、大陆（内地）、台湾乃至整个华语世界的一道丽景了。

圆满之二
33cm × 33cm
宣纸彩墨　2017

无碍之二十二
55cm × 40cm
纸本水彩　2017

圆满之三

33cm × 33cm

宣纸彩墨　2017

子玉与欧梵

文 / 郑培凯

子玉与欧梵是天生的一对，跟他们在一起，你就会想起许多成语，琴瑟和鸣、比翼双飞、凤凰于飞、鹣鲽情深、心心相印、夫唱妇随、举案齐眉、相敬如宾等等。仔细想想，有些比喻实在不太恰当，因为他们两个只要在一起，就亲密得像扭成一团的麻花，甚至像缠绵难分、已经化为团的棉花糖，形容他们“举案齐眉、相敬如宾”，大概只有研究汉学的洋人学者才说得出来。说“夫唱妇随”也不对，比较贴近事实的是“妇唱夫随”，子玉发声，欧梵就如闻纶音，立刻接腔，像王勃登上了滕王阁，“遥吟俯畅，逸兴遄飞。爽籁发而清风生，纤歌凝而白云遏”，发挥成交响乐一般的美妙乐章。欧梵的音乐修养是我极为佩服的，他的音感细腻精准，有指挥乐团的才能，而且也身体力行，以优雅如诗的身段阐释动听的音乐演奏。然而，只要和子玉在一起，他就交出了指挥棒，随着子玉的指点，在时空的欢愉之中翩翩起舞，让我觉得他骤然就浪漫起来，像弗雷德·阿斯泰尔跳起了探戈一样潇洒。

太太最喜欢拉着我一道，和他们夫妇相聚，说是耳濡目染，“近朱者赤”，每次都会得到些感召，懂一点“夫道”的真谛。宴会吃饭，我们总是坐在一桌，要我仔细观察欧梵在餐桌上的饮食之道以及应对进退，学点规矩，以免贪吃伤身。看欧梵吃菜饮酒，就像观赏一出大戏，真是唱做俱佳，可以媲美谭叫天或梅兰芳的演出。我也总是作为配角，全心投入，扮演必要的龙套角色，在旁边哼儿哈的，有时还会翻腾舞耍一番大旗，确保宾主尽欢。

朋友们用餐，时常男女分坐，子玉和闺密们挤在一块，欧梵落了单，和我们几个男士坐在另一边，他们俩像牛郎织女那样，遥遥相对。上了一盘红烧肉，欧梵就特意举起筷子，悬在半空中，隔着餐桌问道：“老婆，我可不可以吃一块红烧肉？”子玉正和闺密们聊得开心，突然被打断了谈兴，就皱着眉头说：“红烧肉太肥了，脂肪太多，胆固醇太高，对身体不好的。”我这时就得上场了，赶紧插嘴：“这里的红烧肉不一样，是走了油的，不肥，可以吃一块，没事的。”子玉还会说，不好的，不能吃的，可是脸上已经带着笑，不知是笑欧梵连吃块肉都要禀报，还是笑朋友的帮腔助兴。欧梵很会见风使舵，马上就说：“老婆，吃一块太多了，吃半块吧？”于是，就吃了半块红烧肉。过了一会儿，类似的桥段又会出现。我们给欧梵倒了大半杯啤酒，欧梵就举起杯子，“老婆，我可不可以喝啤酒？”回答是：“喝酒对身体不好的。”众人的七嘴八舌再度上场：“啤酒酒精度很低的，有的才两三度，比甜酒酿还低，喝了没关系的。”“只有半杯，就那么一两口呢。”于是，欧梵又喝了半杯啤酒。

大家聚会的时候，子玉总会记得问我们：有没有持续拉筋啊，有没有每天做甩手操啊？太太指着我，实话实说：“他懒得很，经常不肯做运动。不像欧梵那么听话。”欧梵在旁听到，就赶紧表功说：我最听话，每天早上练功四十五分钟，晚上也练四十五分钟，老婆吩咐的，都是对我好，我都确实做到。说得我很没面子，只好支支吾吾，说近来稿债高筑，睡觉的时间不够，就偷懒了，不过，偶尔还是会做甩手操的。子玉看我回答得言不由衷，就立时起身示范，说要这样甩，甩了五下要直直下蹲，然后借力弹起来，姿势才正确，才能运气环身，达到健身养气的效果。众目睽睽之下，我当然是敬领法旨，就在餐桌旁边练起甩手操，一二三四，引得旁边的食客侧目围观。回家之后，记忆犹新，一般会练上三五天，然后又开始“三天打鱼，两天晒网”，等着下一次见面挨训了。想起来，每次训示都是温馨甜蜜的，都让我觉得亲人与好友的无限关爱，也逐渐理解为什么欧梵要黏着子玉，跟孔子入太庙一样，不厌其烦地“每事问”。

子玉会画画，色彩用得好，与她坦率的心思一样，偶尔有蓝色的阴郁，却经常是橙红的爽朗，显示了她对人的磊落胸怀。每幅画的感情基调都很细腻，想来都有欧梵的影子，在那里鼓掌点赞。

圆满之七

33cm × 33cm

宣纸彩墨　2017

无碍之二十八　40cm × 30cm　纸本水彩　2017

圆满之六
35cm × 35cm
宣纸彩墨　2017

读李师母的画

文 / 陈子善

我认识李师母七年了。2001 年春，我应李先生之邀到哈佛大学燕京图书馆访学，首次拜见李师母。后来我们又在香港、台北、上海、苏州等地多次相聚。

读李师母的画，不禁使我想起了西方古典音乐史上独树一帜的德彪西。法国作曲家德彪西的《牧神的午后》《大海》《意象》等管弦乐作品，空灵缥缈，寓奇幻于朦胧，在抽象中表现悠远。李师母的画，在境界上，在蕴含上，或与其庶几相似。我的这种感觉，不知对古典乐有很高造诣的李先生以为然否。

我以为，李师母作这些画，是选择了最适合的画法，是兴之所至，尽情挥洒，就像她以前用文笔表达内心一样，尽管未必符合学院派的规范。在我看来，文笔也好，画笔也好，笔下流淌的都是李师母对人生对自然的爱，这才是最难得的。

无碍之二十七
40cm × 30cm
纸本水彩　2017

2017

无碍之二十三
50cm × 40cm
纸本水彩　2017

清净与热情之间

文 / 郝明义

我初见李子玉的时候，看到一个很安静的人。她坐在李欧梵先生的身边，眼大大的，笑容浅浅的。

但是和欧梵说起话来神采飞扬相比，李子玉和当太太的那种常见的安静又不太一样。其他人的安静，看得出来是向内退守一步的；李子玉的安静，却像是准备往前跨一步。起初，我以为那是她先生的鼓励。李欧梵和她的“倾城之恋”不只是佳话，对她的爱惜更随时流露。李欧梵逸兴遄飞地讲一大段，就会回头问他的太座大人觉得如何，有什么补充意见。后来，我知道不止如此，是李子玉自己确实有话要说。

李子玉因为自己走过忧郁病的黑暗之谷，从幼年时受母亲及外祖母影响的压抑，到第一次婚姻的压力，再到后来与李欧梵携手共同走出一条解答之路，波澜起伏。所以在她觉得自己已经渡过险恶的浪涛之后，有许多过来人的心得想要和尚在载浮载沉的人分享。

她那伺机跨进一步的安静，像是要有什么行动之前的准备。

再过几年看到李子玉，觉得不同了。

她还是会先安静地坐在一旁，李欧梵也还是说一段什么都要停下来问问她，但她的安静不是退后一步也不是往前一步，而让我感觉到好像是在踱着方步，走走停停，也走走动动。所以有时候会照着李欧梵的问话回答，有时候会抢话，抢话的时候还会带着比较高的笑声。

我可以感觉到她已经拿开了自己先前给过去和现在设下的界线。

今年五月再见到李子玉，又有新的感受。

那天早上我们聊得愉快，兴起就说我要帮他们两位算一下生命灵数。除了发现这对伉俪真是天作之合以外，也知道了她为什么会有一种踱着方步的安静。

因为她生命里有个原生数字就是热情，如火的热情。而她要走的人生之路，却是清净，如水的清净。这样合起来，就使得踱着方步的安静是合理的了。

因为方步的下一步就可能是箭步。而箭步之前，她最好的选择是方步。我是这样看李子玉的。我也是这样看她的画作。

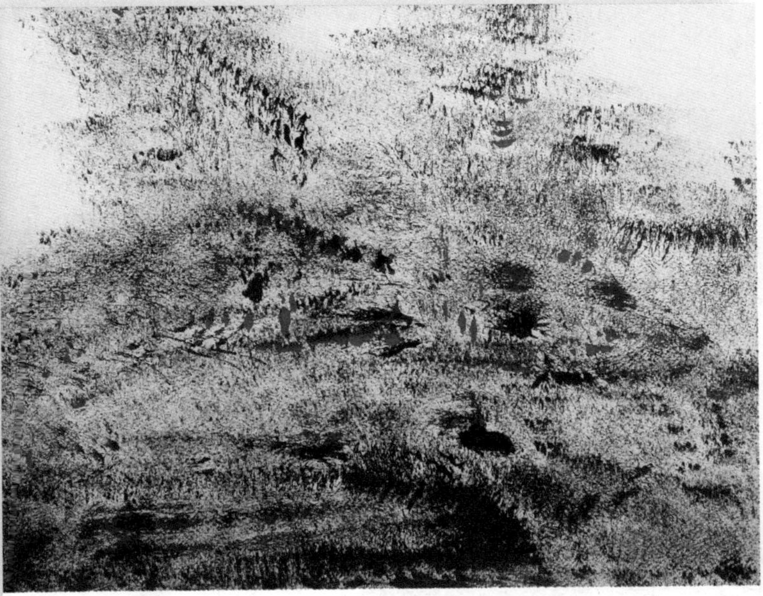

无碍之十六
40cm × 30cm
纸本水彩　2017

逐香之四十九　70cm × 35cm　宣纸彩墨　2017

心绪之十七
75cm × 70cm
宣纸彩墨　2017

若如童心

文 / 李淮

2004 年秋，我与子玉初遇，至今仍记忆犹新。那天子玉身着古色古香的宽松刺绣上衣，面容文静秀丽，眼神中时起时伏地闪现着一股难以抑制的灵气。坐在对面的我即刻为眼前的形象所激发，我想象中的子玉肖像就此开始酝酿……

不到两个星期，子玉来电话，邀请我看看她的绘画并望我能给她的作品一些指点。当时我已有幸阅读了子玉与她先生李欧梵教授合著的《一起看海的日子》和《过平常日子》等书籍。由此对子玉的绘画起因有了一定的初步认识与理解。满怀好奇的心情我来到了子玉的画舫：第一印象是——画者与作品的冲突与错位！清楚地记得当时站在她习作前的子玉，满怀激情，滔滔不绝地向我述说了她对绘画艺术的渴求与向往，同时感到心有余而力不足，不知如何起步的困境。细读子玉初期的作品，我确实感到当时的习作显露了过多的拘谨，失去她与作品的连接，缺乏艺术感染力。这与当时的子玉， 她那满怀激昂与迫不及待的求学心态形成了如此强烈而又矛盾的对比。

子玉是个具有异常灵性，颇有潜力，一点即通的画家。我想这也归功于多年来子玉与李欧梵教授周游世界，观摩名家大作有关。通过仅仅几个月中我与子玉的沟通，她的绘画立马产生了前所未有、一去不复返的醒悟与升华！我返美之前与子玉再聚的情景犹如昨日，难以忘怀：满腔热情的子玉，以迫切的心情为我展示了她的所有新作。铺天盖地的画幅，大张叠着小张，小张叠着大张，犹如涨潮，一浪紧跟着一浪，气势难以阻挡！子玉对艺术如此激情满满与执着的追求深深地感动了我，并扭转了我对她初次浅薄的理解；如此一个新时代女性！如此富有感染力的画家！

在子玉的绘画世界中，我体会到子玉个性的再现，与西方 19 世纪的浪漫主义艺术、20 世纪的野兽画派的美妙融创；感性超于理性， 想象超于现实，情感起伏，色彩沉雄，笔意秀挺。子玉对绘画构图的处理更是独特新颖，松结紧构的微妙，虚实疏密的异想天开，若如童心，随之所欲！尤其在她用色挥笔之处，柔韧流落，浑厚顿挫，流漓彩势，尽致磅礴，毫无吝啬！最为可贵的是，子玉的艺术自始至终地包含着她那纯朴的童心自我，脱尽尘气，不屑一顾地再现她那艺术家的潇洒浪漫，独有特色的画风，自创意境。

写到此，我恍然悟到那2004年我曾对子玉肖像的幻想，其实近几年来子玉通过对艺术的探讨、摸索与不懈的创作，她早已描绘了她那具有启示性的完美的自我画像……好不诱惑！好不超脱！

仅仅几年，子玉的绘画如此变迁，令人惊叹。如众多好友，我好奇等待着子玉的再次升华。

无碍之十八
40cm × 30cm
纸本水彩　2016

逐香之十四
70cm × 30cm
宣纸彩墨　2017

子玉叙情

文 / 郑文惠

观赏子玉以色彩直面人生，演绎跌宕起伏的万端情绪；倾听她以色彩抒情思，述说流光暗换人间无限事。无论是远天云色舒卷斑斓之似可掬取，或是仿若被暗黑吞噬的幽深之境；无论是俨如削壁千寻的皴线与飞白，或是墨滴如沙漏却有童趣漫漶于色与墨的交响之中……在笔墨与各式用纸的遇合下，随着时间的延伸，无形的色彩，转而有形而宛具姿采；看似无意义无结构，渲涌流宕之处，瞬间聚合，随即崩解，旋转而生成有意义有结构的故事，一切明丽的、温暖的、沉郁的，均统合在她抑扬顿挫的色彩旋律中，坦然而炽热，坚实而灿然。

无碍之十九
40cm × 30cm
纸本水彩　2017

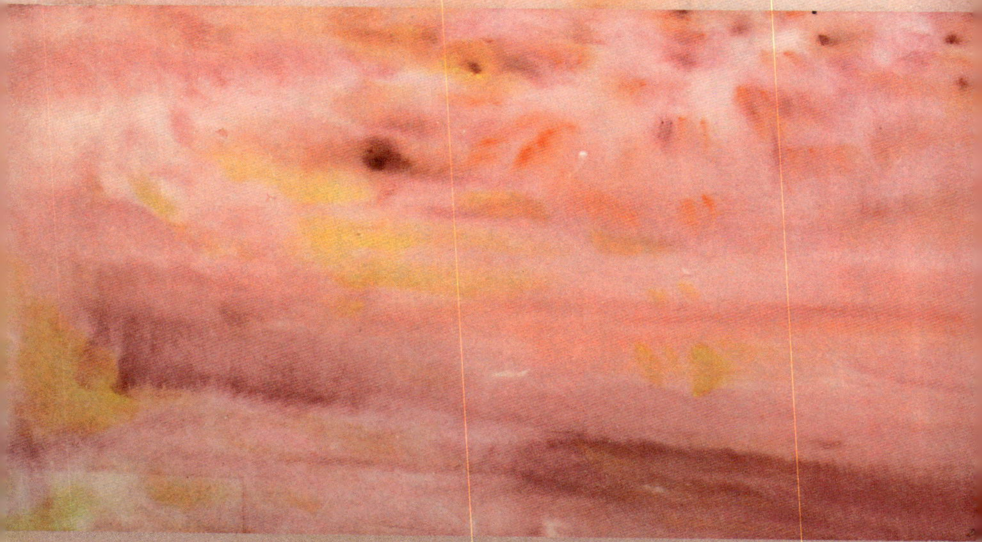

逐香之三十五
75cm × 35cm
宣纸彩墨　2017

焦土上的魔法之境

文 / 郑昀

法国东北部，索姆河两岸丘陵起伏。1916 年，英军、法军与德军在沿河 3 平方公里的土地上展开了消耗战。141 天，41.5 万人在此失去生命，这里的每一寸土地都被炮火、子弹一次次掀翻，变为尘土，与血肉、弹片一起落下。弹坑和泥潭里，老鼠、武器、头骨、腿和靴子、罐头、弹药四处散布，一片死亡的静寂。

但是令人吃惊的是，仅仅六个月后，当人们重新回到这里的时候，战场完全被红色的虞美人和一种蓝色的花所覆盖，大片大片的花绵延几公里，白色的蝴蝶上下飞舞，仿佛进入了一个魔法之境。农民开始犁地，庄稼从没有长得这么好过，小麦和杂草异常丰茂，有人说因为战士的血肉浇灌，也有人说，化肥和军火本是同一种物质。很多年里，索姆河沿岸作物丰收，成千上万的白色十字架在花海和麦浪间若隐若现。

子玉的画，总让我想到这片战火退场后的虞美人花海。

丝帛的花瓣在阳光下翻飞，好像刚刚从织机上裁下来的样子。红与黄之间的一次次反复过渡、渐变、摇曳，幻化成紫色与蓝色，糅进天空里。这种色彩不是简单的纯净、优美，而是经历过死亡以后的色彩，是持续炮火后戛然而止的宁静，是肉体的一次消解和重构，是灵魂的一次越狱。前世羁绊已无踪影，内心轻得就像呼吸一样。我们看见水彩在纸上流动着，色彩很薄但绝不轻率，就像炮火深耕后的花海不同于园林、田野上的花朵一样。子玉的色彩就像被炮火耕作后的花海一样在大地上蔓延，不可遏制的能量在一个曾经如此脆弱的心灵里积聚，纸面就像是土地，色彩在纸上奔腾不息，把人们带入魔法之境。

看过子玉被抑郁症逼入生死之界的自述《忧郁病，就是这样》后，你就会明白这种色彩的来由。一场严重的抑郁症在一个人内心世界里不啻生与死两军鏖战，灵与肉的土地上，忧郁的火炮、弹雨昼夜不停地倾泻，在心灵和肉体之间，烟火四起，内心一片血肉模糊，留下一片焦土。幸运的是，虽然经历了多次复发，这一片焦土终究被爱情、被日常的欣喜所抚平，而在这期间，子玉在纸上的涂抹居然成了治愈和保持康复状态的关键。纸上的涂抹是忧郁情绪的释放，是肢体束缚的解脱，是自我信心的重拾，也是自己给自己的惊喜。在子玉的生活里，画纸吸附、化解了忧郁的魔咒。

2016 年夏天，下午的阳光越过玉皇山浓郁的树林，从西南角窗外漫散地照进晓风书屋，在一楼的书台上，我第一次看到子玉的两幅画，镜框有点反光，一片紫色的光晕和阳光的暖色融在了一起，热烈里夹杂着冷艳。不远处，另外一个框子里装着一片变幻不定的绿色，是柔波里的水草，被阳光点亮着。

晓风书屋的主人姜爱军引我上楼，更多的色彩开始跃入了我的视野，迷离的红、明亮的黄、愉悦的橙、深邃的蓝、忧郁的黑、绝望的灰，一次次把你推进画框。我并没有意识到它们是绘画，也没有意识到这是一些被称为作品的东西，我只感受到了不同色彩的情绪，或者说是带着情绪的色彩。这种视觉和心理的激荡是在看专业画家的展览过程中所没有的。这些色彩并不是空洞的抽象，更没有商业的迎合，画里分明有着挣扎的历程和无法拦截的叙述愿望。

当时我对画者并没能获知更多的信息，只是觉得这样的画除了有绘画的属性，还有着超过绘画意义之外的文艺价值，值得让更多的人看到画和画所叙述着的那些事情。

虽说愤怒、忧郁都是文艺极好的标配，但是认认真真去死过几回却真的没有死成的人并没有几个，我想当面听听画者的叙述。

2017 年夏天，晓风书屋邀请李欧梵夫妇来杭，我们在西湖边喝茶、吃饭，谈论着子玉先生的画。子玉带来了一些新作，与过往的画有了一些变化，看起来她想改变过去那种完全自发的色彩“涂抹”行为，考虑起绘画技术层面的问题了，她问我：能不能试用中国画的纸和颜料，能不能用更大、更长的纸来构图，能不能多次叠加色彩，能不能用泼墨的技法让色彩自然流动。她的创作意识越来越强烈，绘画的自主意识在觉醒。我们大家都鼓励她可以用所有她喜欢的、能驾驭的方式去画。我说，你的内心想怎么用笔、用色就怎么用，想画多大的就多大，跟着自己的情绪走就可以了。欧梵先生在边上说：老婆，你就画吧，我有很多稿费的，够给你买纸的。其实当时我也暗暗担心，一旦有了过多的创作之心，一旦过多地考虑技巧，会不会让她的发自内心的涂抹落入绘画的陷阱？因为子玉的画好就好在没有一点点所谓专业的痕迹和窠臼，没有绘画技术层面的牵制，这种可遇不可求的、自然的造化丢了就再也找不回来了。

2017 年的初冬，欧梵夫妇再来杭，这次她带了近百幅新作。

欧梵先生帮我们打开一个个卷成筒状的画，摊在酒店的床上一张一张展开，我们以阅读文字的方式看着一幅幅新作，直到欧梵先生直不起腰来。

子玉这半年的画幅面明显加大了，有四尺整张，有长长的手卷，有正方的小品，色彩更是跳离了过去的单纯的色系，在同一幅画面上出现多种彩色的融合和冲撞，红和绿不管不顾地在一起，却相处得很妥帖。对宣纸的掌控能力也有了，色彩干湿运用也自如起来了，甚至出现了一些有趣的肌理。看到一些比较特别的笔触和肌理，我们常常会问子玉：这种效果是怎么画出来的？子玉总是一脸的惊讶说："我也不知道为什么会这样子的，画着画着它就这样子了。还有啊，有时候我不是用笔画的，纸团、其他什么东西都会有奇怪的效果出来的，反正我也不太知道。"欧梵先生和我们都乐了，大家都说，那是神来之笔。

我也松了口气，所担心的并没有发生，子玉依然画得很自我、自如，如果说有变化、有进步，那是她自己内心的成长和进步，一点点都没有掉到绘画的陷阱里去。按着她的性情，可能一辈子都不会掉进去了。

欧梵先生是文学界的前辈，是我们一直仰慕的学者，见欧梵先生总会有一些拘谨，但是只要子玉在场大家就会变得轻松。子玉不是健谈，更不是有什么社交技能，子玉是天真，不谙世事的那种天真，她对事物都能持着新鲜感：平平常常的山水会让她开心，普普通通的食物会让她赞叹，真真假假的言语会让她轻信，仿佛是不久之前刚刚降生在世上一样。我不知道在她过往的经历中是如何应付种种复杂人事的，我胡乱地猜测，这种天真也可能是抑郁症的后遗症，不过是美好的后遗症，一场炮火在灵魂的土地上做了一次彻底的深耕，刹那间开出了如界外飞播而来的花朵，过往的一切不会再让她困扰了。

当然，另一种可能就是这种不谙世事的天真便是忧郁之病的根源，一个生性天真、简单看待世界的人总是无法应对纷扰的现实生活，不是被现实世界磨去天真的棱角便是被逼入忧郁的角落。在我熟识的朋友中，但凡有被认为有抑郁症状的人多多少少都是与这世俗的世界有点隔阂的。

几次来杭州，欧梵先生和子玉总是形影相随，大家聚在一起话题常常就会转到子玉近年来的画。2017 年初夏，欧梵先生还是鼓励多于欣赏，他常常对我们说，她画得开心就好。到了秋天，欧梵先生用开心的语气抱怨说：“她好顺手，顺到已经影响我的写作了，我打开电脑才刚刚写了几行字，她就画完一幅画，让我去看，而每次我都会发现她的画又有了新的用笔、用纸、用色的变化，看她画画，有时候让我对自己的写作都有点灰心了，我的写作总是很辛苦，很少有她那样，如有神助。”

和欧梵夫妇一起吃饭、聊天，常常会被欧梵先生对子玉的宠爱所感动，也不由得羡慕他们之间那种绝非少年情怀却又如沐少年春风的情感状态。彼此都经历了大半生的荣辱与顺逆之境后才会有如此新鲜、绵厚，配合得如此恰当的感情，一如深耕后田野里的花海，有着人生磨难和阅历的深厚之土才会开出这样的情感之花。我以为，治愈抑郁症的除了绘画，更多的还有他们彼此之间这种自然天真的感情配合。在子玉早期的画中，我们还常常可以看到一些阴郁的色彩，整块的黑色和褐色夹杂着一些深红或者紫色，像是埋藏在花海之下、土地深处的弹片，是陈年的病历，是抹不去的记忆。但是越往后，这样的色彩就很少出现了。绘画改变了生活，生活指引着绘画的路径，忧郁的色彩渐渐褪去。

熟识久了之后，对子玉画画这件事情就会生出一些担心来。子玉也常常会问大家：“我这样画可以吗？”她同样心存怀疑，只要一去想画画的意义和价值，就会被“能画多久，接下来如何画”这些疑问困扰。作为旁观者，一旦用绘画艺术的视角去评判子玉如此抽象的画风，这种担心和疑虑也必然随之而来。我曾经的疑虑是：一旦跨出个人生活经历的语境，一旦跨出纯自我享受的界限，绘画的意义还会不会成立？能够成立多久？看过今年初冬的一些画之后，我才觉得完全不必用绘画的评价体系或维度去看子玉的画。对于子玉的画不必用“绘画艺术”来界定，可以用最简单的“画画”两字来界定，这并不是在低估它的艺术性，而是在强调它的原生性。“画画”这件事情远远早于人类想弄明白绘画艺术之前，子玉的画就是画画，具有相当程度的原生性，只要她内心画画的热情还在，画画的情绪依旧饱满，那就一直画下去，直到厌倦、放弃或改变。

让画画只是画画本身，这是莫大的幸福，是天赐的机缘。

无碍之十七
40cm × 30cm
纸本水彩　2017

逐香之十二　70cm×35cm　宣纸彩墨　2016

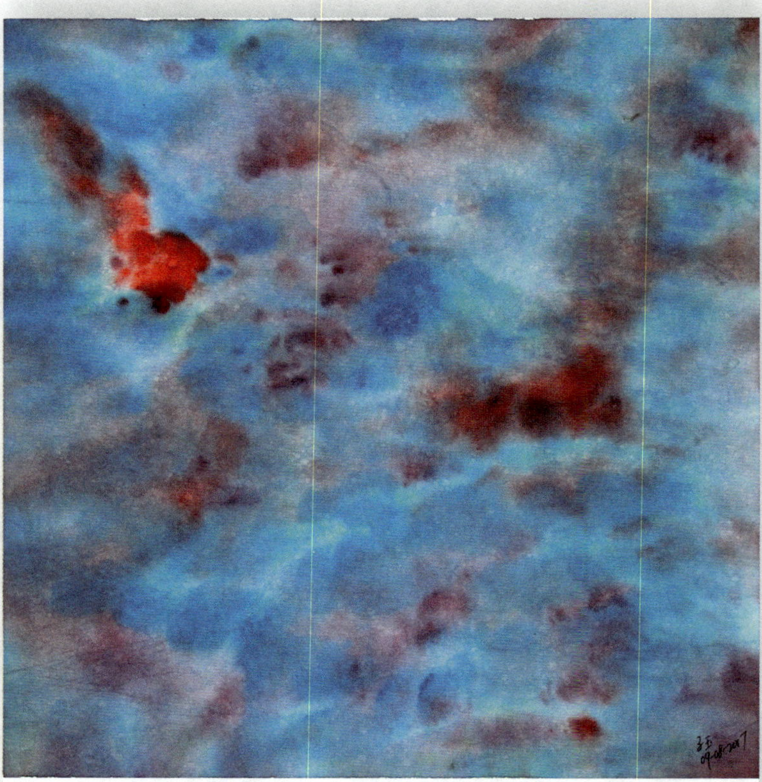

那时之九
35cm × 35cm
宣纸彩墨　2017

绘画带来内心的光亮

文 / 王犁

在晓风书屋微信公众号上，看到子玉老师新书《忧郁病，就是这样》（上海人民出版社 2016 年 6 月第 1 版）分享会还有画展的消息，因为下午有课，没有机会参与分享，事后知道那天忙坏了杭州媒体文化版的记者，不知道是什么好日子，有意义的活动扎堆。第二天当地媒体上看到实况，还有李欧梵先生的微笑、谦和、戴着眼镜的形象，几乎是我对前辈知识人的想象。

晓风中国丝绸博物馆店自从开业以来，由于安静，成为我与朋友见面的好去处，现在还可以欣赏子玉老师的画。也是那几天，朋友约去余杭的一所国际学校参加一个活动，说实话，那个地方与我居住地的距离，得挣扎一下决定去还是不去，相约的人特别强调欧梵先生与子玉老师也有可能在，这一强调，距离之远好像就不是问题。晚上搭送子玉老师与欧梵先生回饭店的车，因为媒体的报道，也了解子玉老师一些过往，子玉老师听说我是美术学院的教师，一路上聊起绘画的问题，欧梵先生很少说话，有时会眯着眼睛微笑着插上一句："你看，我也是这么说，你还不信！"

子玉老师画龄不长，担心自己基础不好，问我：这样画可以吗？这也是很多年长者开始画画共同面对的问题，我说当然可以啊！我问子玉老师，绘画给您带来快乐吗？当然给自己带来了快乐啦。我又问子玉老师，您厌烦了现在的表达方式了吗？子玉老师回答说没有。我说，那还管那么多干吗？自己愉快起来最重要，等厌烦了自然会有突围的方式，至少现在还没有这样的危机感，万一一直愉快下去，您就懒得突围了，或许无意身陷艺术的魅力自己还不知道。这时穿插进来欧梵先生的话："她只信别人，我也是这样给她说的。"这时的子玉老师，天真得像小女孩，高兴地问我："是吗，这样我就可以了？"

再说说子玉老师的作品带给我的感受。子玉老师的作品大多四开大小，水彩干擦的叠加，质地反而有点像油画或丙烯，色调统一老练，第一次看到以为是在写实绘画不能满足内心的宣泄后出走抽象的画家，上手就是抽象表现让我诧异。大多中老年朋友半途参与绘画，不是老年大学类的传统中国画就是原生态绘画。记得有一部欧洲电影，就是讲原生态绘画怎样的惊鸿乍现。子玉老师这样的选择动因不知道来自何处，但无意中让她规避了在艺术的低维度无主见的滑行，逼近绘画与音乐、诗歌交汇处才可以感受到的韵律。“所有的艺术中，最难的是抽象艺术。它要求画家有良好的素描技巧，对构图造型和色彩构成有超常敏感的把握，而且还应该是一个真正的诗人，最后这一点最关键。”（康定斯基）子玉老师虽然没有接受过学院素描技巧的训练，但她无意的选择，仿佛上帝给她装上飞翔的翅膀，让她获得诗人拥有的一切质地。子玉老师在自己写的《忧郁病，就是这样》中留下仅有的一段与绘画有关的表述：“前年开始，我忽然兴起作色彩的念头，于是拿起画笔，随意涂鸦，把湖光山色乱涂一气，思想情感跟着色彩的笔端流转，画啊画，不知不觉间，心情豁然开朗了。云彩、山色、水光的色调变化万千，尽都是心灵情绪的写照。”这不是上帝在特定的时刻，让我们子玉老师看到亮光又是什么？

抽象绘画不模仿任何业已存在的物象，让子玉老师回避了状物能力培养阶段的枯燥，直奔情感抒发，但也会带来“这样绘画在专业人士眼里有意义吗”的反问。上帝在创造人间物类分工时，还创造缪斯掌管的艺术，就是为太多需要理性细化的界限留有不可控的余地，让人类可以在艺术上宣泄更为抽象的情感，那些还没有尝到艺术滋味的所谓专业人士，违背上帝的意志又把艺术捆绑在 1、2、3、4、5 初级的阶段，子玉老师大可不必疑问。我开玩笑地说：您人生诉求中又不需要再来考美术学院！倒是抽象绘画刻意为之的特性里，释放了抑郁症某些一意孤行的执念，营造出业已呈现的绘画语言和不刻意表达的观念，以其抽象符号表达过程中得到愉悦的感受来完成对生命存在的体验。抽象绘画往往在表面上呈现出来缥缈、游离、捉摸不定的视觉图像，与整个世界内在的语言以及隐藏在生命深处灵魂里的语言更为亲近。抽象艺术的非理性、无主题、无逻辑、无故事，通过抽象的色彩、线条、色块构成，折射出审美者自己的创造能力、想象能力来表达和叙述，反而贴近人性中情感表达的内涵。相信并不是专业人士的子玉老师，看到维也纳画家科柯施卡的感受，那种非常规审美的心灵挖掘，竟然那么逼近子玉老师内心，再去上初级绘画课只会卸下上帝已经装上的翅膀。

当绘画已经带来光亮时，重要的是享受内心映射的光亮，绘画本身已退居其次，享受光亮才是绘画的目的。这一刻，应该祝福子玉老师！

那时之二十一
35cm × 35cm
宣纸彩墨　2017

无碍之一
50cm × 40cm
纸本水彩　2017

逐香之二十四　40cm×75cm　宣纸彩墨　2017

另一个自我

文 / 王侃

几年前某个春日，友人偕李欧梵、李子玉夫妇来杭小住。欧梵先生是我专业上的前辈，我几乎遍读他的著作，仰慕已久，这次得以谋面，我自是兴奋的。那次，欧梵先生专门提出想去看看中国美院象山校区，看看那里的获世界大奖的“后现代建筑”。那天晴煦，光照宜人，我一早赶到他们下榻的酒店，不由分说地跟欧梵先生左一张右一张地合起影来。子玉女士平和地站在一边看着。和欧梵先生的温和、洒脱不太一样，子玉女士有一点点“冷”。

我驾车带他们前往象山校区。在校门又停好车后，欧梵先生牵着夫人的手缓缓向校门走去。突然欧梵先生停下脚步，语调哀伤地对夫人说：“老婆，我不能陪你进去了。”我大为不解，忙问何故。欧梵先生抬手指了指竖在校门外侧的一块白底红字的警示牌，但见上书“禁止在校园内遛狗”字样。我一下子笑坏了。子玉女士只是莞尔一笑，与欧梵先生十指相扣，相偎着进了校园。

欧梵先生关注校园里的建筑，仔细品鉴，甚至在墙体上反复摩挲。子玉女士喜欢的是校园里的一片正值烂漫的樱花树林，各种姿势各种角度地拍照留影。欧梵先生看建筑的时候，子玉女士不声不响地陪同。子玉女士拍樱花的时候，欧梵先生或前或后地配合。

后来我又带他们去西溪湿地。在购票时，我跟他们夫妇说：按规定，年过七十的游客可以免票，年过六十可以购半价票。欧梵先生二话没说就掏出了自己的证件。我在等子玉女士掏证件时，看到了她的犹豫。只是几秒钟的犹豫，子玉女士坚定地说：“我没带证件。”但也就这几秒钟，我立刻明白了。我给她购了全价票。在进入西溪湿地后，我跟在他们身后，听到欧梵老师轻声地安慰神情黯然的夫人：“老婆，你在我眼里永远十八岁。”在欧梵先生的安慰声里，子玉女士的状态完全是个受了委屈的女孩。

再后来，我介绍他们认识了我的发小金晓霞女士。金晓霞是个永远处于少女态的中年女子。子玉女士与晓霞竟然一见如故，立时以姐妹相称。那个热乎劲，一下子让人忘了她的“冷”。我隐隐明白，女孩、少女态，或许是她们之间的连理。

也是在去象山校区游览时第一次听说子玉女士在学画。那时的谈论里，感觉子玉女士是个零基础的学徒，正怯生生地提着笔墨纸砚要前去投师学艺。但我没想到的是，不多久，晓霞就在自己的画廊里给子玉女士办了画展。我去观展，那些不拘法度的画作，让我驻足良久。

子玉女士的画，多色团而少线条，多印象而少物象，多数抽象而幽邃，每一幅都是一个或几个浓得化不开的梦。我是外行，无力细评子玉女士的画。但我写下前述文字，是想说出自己的一种理解角度：或许，我们在她的画作中看到了一个总是处于少女般清澈、天真状态的人，一个在青春般的爱情中闲庭信步的人的另一个自我。在这个自我中，保存着她对人生多舛的无法言说的触感，对于美之复杂的难以述怀的体验。她把这个自我全部倾泻在画作中，像把某个不安的病灶从身体摘除，从而可以不断地、持之以恒地以清澈、天真的姿态行走在日常和世俗之中。

逐香之二十二　75cm × 35cm　宣纸彩墨　2017

逐香之八
70cm × 35cm
宣纸彩墨　2017

艺精于善

——由子玉师母的画想到的

文 / 陈建华

年末我在香港，像往常一样去欧梵老师家里过小年夜，于是就看到这些画。我不知怎么形容自己当时那种惊艳的感受，一幅幅犹如色彩的音乐，她说她自己也很惊讶，一向喜欢色彩，现在有了感觉起来，画画等于在玩色彩。

的确，在我们机械复制时代，艺术不再神秘，自从有了杜尚、沃霍尔之后，人人都可以成为艺术家，但艺术创造毕竟若有神助，要得到灵感的眷顾，对于师母来说这一份天赋迟来乍到，来得自然却又不易！

如她的文字朴质无华，一切都那么自然。学画和念经、做甩手操一样，健康美好、充满爱心的生活比什么都重要，如果对生活缺乏爱和信心，那比疾病更为可怕。如今艺术使她的人生更加精彩，而对她画画也是善举，正像在社区为忧郁病病人做义工，为许多病人做心理辅导一样。始终是她的一颗至善之心，天灯般照亮着夜空。

逐香之三十八

70cm × 40cm

宣纸彩墨　2017

逐香之三十七
70cm × 35cm
宣纸彩墨　2017

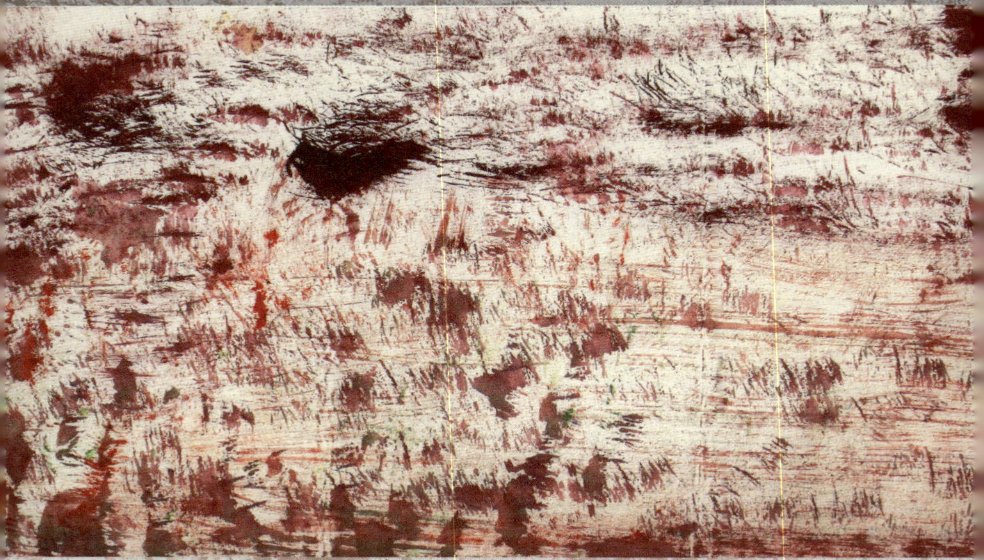

逐香之二十五
70cm × 35cm
宣纸彩墨 2017

子玉印象

文 / 鄢秀

有的人，一想起她来，心中就有一种温暖的感觉，脸上也会自然现出笑意。子玉就是这样的人。我现在想着她，写着跟她有关的事，就是带着这样的暖意，一边微笑着。

认得欧梵和子玉，是 1998 年来香港之后的事了，具体什么时间、什么场合，却记不清了。欧梵是培凯几十年的挚友，但我一开始对他却不太能够亲近。原因可能是在美国读书时，选修的一门中国文学课，老师（张颂圣教授）让我们读的文章里，有很多是李欧梵写的。我向来非常听老师的话，文章都是认认真真读的。对于李欧梵教授的学问，特别是英文，极为佩服。没想到因为郑培凯，到香港后与李欧梵夫妇常在一起聚会。跟子玉，倒是很快就熟络起来了。她就有这样的能力，让朋友，无论男女、学术界还是非学术界的，很快就喜欢上她。所谓“物以类聚”，在子玉这里，是完全被打破的。

作家子玉

首先，欧梵和子玉一起，就不是常人眼中一般的“登对”。欧梵是大学者，而子玉并不在学术圈。欧梵常常挂在嘴边的一件得意之事就是，另一位大学者（名字这里就不说了）把作家妻子变成了家庭妇女，而他则把子玉由家庭主妇，变成了作家。这话一点儿不假。子玉现在可以说是著作等身了。她写的《忧郁病，就是这样》，在香港是畅销书。我就曾经为朋友的孩子，得了忧郁病的，向她讨过签名。希冀借着她的鼓励和书中的智慧分享，能够帮助这孩子，早日康复。另外，欧梵和子玉的爱情故事，通过他们的共同著述，在香港乃至大中华地区，广为人知。他们这方面的书写了真不少呢，我知道的就有《过平常日子》《一起看海的日子》《恋恋浮城》。她曾对我说，她要以“衣食住行、生老病死”为题，一一写下来。记得她已经写了《云想衣裳》与《细味：食物的往事追忆》。

我真是十分佩服她！每个人，对这些生活主题，应该都有些经验和感悟，但有几个人能够将其付诸笔端呢？不说别的，这么多部著作，需要花费多少精力，具有多强的纪律性及毅力才能完成！更重要的是，子玉是用“心”在写这每一本书。我一直为她从事写作鼓掌叫好， 觉得写作对她，对任何人，都是再好不过的事了。但有一次，我却劝她先别写下去，换个主题，或先玩个痛快再说。那天我们约了见面，喝杯茶坐坐。可是一见面我就觉得她瘦了很多，本来就小的脸更小了。细聊之下，我才知道她正在写“生老病死”中的最后一个主题，写到逝去的亲友，觉都睡不好，人也因此暴瘦。我听了心中暗暗吃惊，连忙力劝她先别写了，不可再沉浸其中。

云想衣裳

子玉送给我的书中，有一本《云想衣裳》。应该是她“衣食住行”系列中的“衣”。通过谈穿衣，她写了自己的生活，几十年的人、情、事，十分感人。在现实生活中，无论到哪里，子玉绝对是一道亮丽的风景。可以说我们都喜欢打扮，但我自己时常会“懒”那么一下，匆忙穿件深色衣服上班就算了。聚会往往也是下班从单位直接走，背着天天上班用的书包就去了。可是见到子玉，总是眼前一亮，自然会唤起自己对“美”的向往，会突然记起自己“女人”的一面，是懒不得的。 这一点，朋友们注意到，她的夫君李欧梵先生更是欣赏有加，每次都会说：“我老婆今天穿得真漂亮！”这时大家都会会心一笑，想到“女为悦己者容”这一说。但子玉“悦”的，还有我们这一班朋友，个个都感到赏心悦目！

好友子玉

子玉这样的朋友，让你觉得人与人之间有着真诚的友谊与关怀。香港的生活，可以让人忙得喘不过气来。朋友之间，君子之交居多。平时要好的朋友，一年见不上两次，也是正常的。但培凯与欧梵的共同朋友多，来香港常会约着一起见。

另外，我们也是少有的会一起庆祝生日、结婚纪念日等好日子的朋友，我在学校里，忙着写论文、做项目，有时觉得自己都变成机器人了。但每次跟子玉、欧梵聚会，都十分愉悦，夸张些说，又有了“做人”的感觉。首先，我和培凯两人在一起多半都在写各自的功课。培凯几乎天天都有文章到了或者是过了“截稿期”，在电脑前一坐就是几个小时。根本就谈不上运动、养生。可每次见到子玉，她都会认真地问我们有没有运动啊，做没做操。她教我们的甩手操简单易学，是我们现在唯一做的运动了。每次被问，我们都心生惭愧，但更多的是感动。我们从她的话语中感到由衷的关心。每次聚会第二日，我就会看见培凯一早在那里甩手。虽然这样的热度，持续不了三天……

在子玉面前，再矜持的人，都会放下端着的架子，露出自己最本真的一面。孔夫子有教无类，我看她交友也是“无类”的。她常常让我觉得，世俗之间人与人的隔阂、防备甚至敌意，都是可以解决的。这里就举一个例子。欧梵生日，一众朋友中，有一位先生，子玉介绍给我，说“这是我表哥”。表嫂年纪挺轻的，跟子玉十分熟络、亲近。记得那次他们送给欧梵一条名牌领带，由表哥呈上，欧梵高高兴兴收下。第二年欧梵生日，是我一个人去的，表哥也来了。这次子玉悄悄跟我说，“我的表哥，”她轻轻笑了一下，“其实是我前夫。”我有些吃惊，但一点都不意外。记得曾读到欧梵的文章，他写过，说家里常有客人来吃饭，最让他高兴的，是子玉的前夫也是座上客之一。我有时不禁想到，所谓世界和平、世界大同，如果多些像子玉和欧梵这样的人，可能早就实现了。

情绪的色彩

子玉让培凯给她画展题字，“情绪的色彩，色彩的情绪”，向世界打开了她心扉的色彩。她的画，据说并不是专门学的，但色彩之美，显现了她独有的才具。她说她画的就是自己心里想的。她寄给我看她的近作，真让我再次为她喝彩！或许正是她待人待己的真诚，让她找到了真正的自己。现在除了写作之外，还找到了更好的表达方式——绘画。子玉画的，是她的心声，比语言更真挚、更直接、更强烈！祝贺子玉！

无碍之十四
55cm × 40cm
纸本水彩　2017

那时之二十
45cm × 35cm
宣纸彩墨　2017

子玉之画　清且奇幻

文 / 谢春彦

子玉，何许人也？遍检画史画典竟不见子玉之名，忽偶见子玉之画，却惊煞俺老画师，顿觉眼前一亮，恍若重逢少年时梦中彩笔，缤纷不可名状。

赏心好画久不见久不见矣，今所见子玉之画，乃今夏沪上最酷热时，吾方自京华、济南归，因热而中暑，头晕眼花，倦怠甚甚，案头又积文债画债许多，真是奄奄了无一点心绪也！忽地一声脆响，大呼吾曰：“老头，且看好画来！”但见小女奕儿手举彩打复印一叠，急急送至吾眼前，一时怡红快绿，扑面生香，则子玉之画也，再审之则天下之奇画也！

子玉者，香江大文人李欧梵先生夫人也。以前我常被召至明报月刊、香港中文大学等处开会，我也识得他们贤夫妇。欧公豪拓，行若鹤步，威仪中复有温厚发散，子玉李嫂娇小而依之，衬着她类似旗袍式作长线条运动的“子玉装”，委实是一幅好看而雅致的民国画面，古典却又现代，也足令我想起几十年前那些姐姐们的青春才艺。子玉嫂的着装不独得款式之雅调，其所选用衣料尤其颜色也总在温润中交奏出别一番美感来。和他们二位相熟了，说话自然亲切随便许多，故我每见子玉，必赞其衣着。我曾对她说过：“你是懂颜色的！”她只默然浅笑。现今，她的画，证明了我的推论。

奕儿转来子玉之画复印件共八纸，一乃天然文章，无款无识，亦无所作年月，然一睹之下即为其所击，故你不得不信天下还是有无污的好画在也。

我谓子玉之画好，其好有三：第一是色用得好，子玉用色纯而净，明亮有生命之致。昔人云目遇之而成色，也可以说色是因人眼而生而有异者，全在作者之心眼也。子玉善用红与绿这样的大色，且用得雅洁，在活的生命涌动中，尽显她之别调，兼用时既各司其职又相互融合而推动，有交响之妙。在她的笔下，皆成生命活力，互动互调互补，成大象气派。第二，与纯西画之不同在于，子玉成画笔意俱善，用墨的关键在乎用水，水使墨与色活，使之有宇宙之气，而用笔为画之本体骨骼，使之张健丰美，子玉尽得之矣。有一横幅，画幅皆以直线刚健的飞白枯笔排列，如干如株，在动感中显春天的律动，而略染之淡线条上部的渴墨点又组合出一派元气淋漓的生机，令我想起倪云林的春水近树，生命触动的气氛却明显较之天真放任了。第三，久作之画匠往往形为积习，致活的画演为死的程式，这在子玉画中是看不到的。她时而大笔濡然时而放笔直干，或干或润，绝不定于一。有一幅似墨山火云，大气磅礴，墨墨得沉着豪迈，红红得飞动又有力量，两相颉颃，互补互动，无大心胸者，不能为也。再有一幅纯以墨色纯以墨线作曲虬之状，未审子玉所写为何物为何事，睹之却足动人心魄。画为心画，画为情结，子玉真得之也。

我说好画不多见，也真是实情实况。现而今南北东西画院林立，美院如堵，拾笔作画之人不知凡几，然或陈陈相因，或故作新奇古怪，入得眼的纯真之画就是凤毛麟角了。我想，子玉作画只是为着她自己喜欢，子玉画法只遵她自己心中的款曲，一个爱美的子玉，用她自己的心和手画出了我们爱看的清且奇幻的好画来，真是令人好高兴呢！我在把玩子玉画复印件时，适有友人乃上海龙华古寺的中观大法师来访，彼亦善识书画者，奉而观之，亦大加赞赏，认为子玉之作有天真之气，真气流衍，不可多得；纯墨线一幅尤其见其为艺心志之不凡。姑附志如上。

心绪之三　110cm × 75cm　宣纸彩墨　2017

逐香之二
70cm × 30cm
宣纸彩墨　2016

奇妙的心影

文 / 刘剑梅

子玉多才多艺，能写作，能绘画，能唱歌，会着装，会做饭，林语堂说的“艺术的人生”在她的身上得到了最大的体现。有一次聚会，我听她唱粤剧《帝女花》，那缠绵婉转的歌声，似乎汇成涓涓细水，一点点流进我的心里，把我的思绪从喧嚣的都市带到广阔的天地间，让我在瞬间的吟唱中去领悟永恒的爱情与国破家亡、生死离别的苍凉。她的歌声，教会我活在当下，尤其是有美感和艺术感的当下。

子玉的画，我最近才有机会看到，一下子就被那绚烂而纯净的色彩吸引住了。本以为得过忧郁病的子玉，会用沉重的墨彩表现那曾经紧紧抓住她十年的孤独、病痛、黑暗以及濒临死亡时的绝望。可是出乎我的意料，她的画绚丽明亮，像是精灵般自然随性的舞蹈，有时在阳光下，有时在朦胧的雾气里，有时在诗意的细雨中，随意而不做作，把高山、流水、天空、树影勾勒出别样的情致，既有缈缈空山的神秘，又有单纯的青草的气息，还有花影斑斓的跳动，而这些色彩又似乎伴着她的浅浅吟唱，于是万物都有了独特的韵律和节奏，带着感情凝视着我们。

她多彩轻盈的墨迹有一种流动感，引入中国古代文人山水画的韵味，唤起自己的情感，让自己的心境与山水相互辉映，相互对照。就像她的写作，是治愈心灵的方式，她的墨迹，也同样是心影的漫游——不仅是自我与世界的对话，更是自我对内心宇宙的探寻和叩问。在她印象派式的山水画里，花的芬芳、流水的香甜、空谷幽兰的深远、光影的若隐若现、白云浮动的悠悠，全凭借着她的一缕思绪，变得有生机，有意境，如同庄周梦蝴蝶一样，物我两忘，在天地中自由地游荡。

那时之十七
40cm × 35cm
宣纸彩墨　2017

那时之六

40cm × 40cm

宣纸彩墨　2017

心绪之十八
75cm × 70cm
宣纸彩墨　2017

子玉姐的新唱腔

文 / 张慰军

我认识子玉姐是在前几年。郑培凯教授和鄢秀教授夫妇从香港来上海、苏州公务加私事，子玉姐和她先生李欧梵教授也跟着一起。

鄢秀的外公外婆是我父母的老朋友，他们在 20 世纪 40 年代就结下了友谊，所以我们是世交。直到现在，两家老人已经仙逝很久，我们后代还保持来往，时不时聚一下。我请鄢教授夫妇一起去我们家乡浙江海盐小住，一是看看我父亲（张乐平）的纪念馆，二是顺便体验一下这个江南小城的风土人情。

子玉姐夫妇也欣然一起前往。

这两三日的小聚，使我们变得熟悉起来。

我以前学的是油画和水彩画，传统具象的那种。我又不喜欢学习美术理论，比较懒得去研究现代绘画，对抽象画不太理解。第一次看子玉姐的画印象不是很深。

这次，她又给我发来她新作的照片，觉得自己突然开窍了。一个画家或作家的作品往往是他的内心写照，从色彩和构图上就感觉到她的内心。子玉姐的近作色彩鲜艳、明快，构图也很有特色，想象不出子玉姐曾是抑郁症病人。画画也是子玉姐对抗抑郁症的一种手段。

祝贺：子玉姐完全跳出来了！

那时之十五
45cm × 35cm
宣纸彩墨　2017

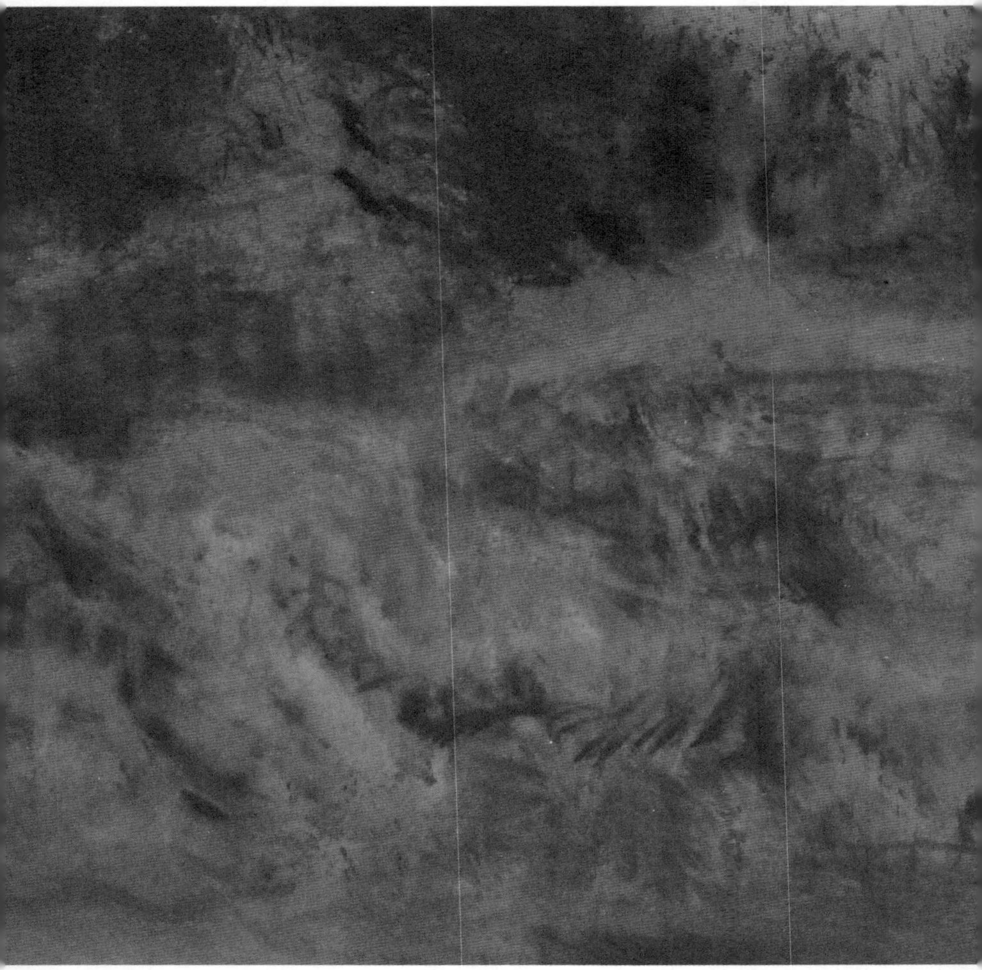

逐香之十七　70cm × 30cm　宣纸彩墨　2017

心绪之四　75cm×140cm　宣纸彩墨　2017

生命意志的自由泼洒

文 / 季进

认识李子玉师母好多年，读过她写的很多美文，深深地被她真挚、天然的文字意趣所打动，也一直在期待她更多的“衣食住行”的系列散文作品。从来没想到，子玉有一天会突然拿出这么多令人惊艳的画作。从作家到画家，对于很多人来说，大概是不可能完成的转型，可是，对于子玉来说，这种身份的转换似乎轻描淡写，天然偶得。细细想来，好像也不奇怪，因为对于她来说，无论是写作，还是绘画，都是其生命意志的自然泼洒。

这些画作，没有固定的绘画语法，也没有运思有致的艺术技巧，心之所向，随性而至，但又能看出其中的精神肌理和内心趋向。其中的灵晕，只有通过凝视、默想与沉思，方能参解里间之气息，也才可领悟融情之想象。色彩堆叠处，心思郁结，而在色调的舒缓处，又能折射作者心灵的散淡和轻松。作者内在的自由，已然形式化为画中的光与色，并且形成了独特的抒情机制和表意形态。这些画作是作者纯粹的意趣使然，是有意而无心之作，无中而生有，将情感移置于画纸之上，使之生长，使之氤氲，使之蔓延。作者并没有接受过传统绘画的训练，因而在作品中看不出任何的束缚感，在色彩的游移之处，同样不乏自由意味。

可以说，子玉倾注心力和思绪于画面之中，是释放情绪和宣泄心灵的表征，是自我的一种积极而明朗的疗法，曲折而布满生趣，妙趣横生之中，是从心所欲而不逾矩的情怀。作者也于如是这般的修辞和雕饰之中，寻得艺术与心性的共生，也收获了放松、自由和愉悦的生命状态，观者也从中感受到了某种生命意志的自由歌唱。这或许才是子玉画作独特的价值之所在。

那时之十六
40cm × 35cm
宣纸彩墨　2017

逐香之三十九　75cm × 35cm　宣纸彩墨　2017

逐香之二十九
75cm × 35cm
宣纸彩墨　2017

道，从未遥远

文 / 鹏宇

与子玉老师相遇，可以说，完全是机缘巧合。

那是我刚到台湾访学报道的第一天，在“中研院文哲所”的展厅里，第一次见到子玉老师的画。当时我尚不知道子玉老师的名讳，但只一眼，便被那些画深深地吸引了。

那些画时而绚丽多彩，时而静美安详，在午后阳光的映照下仿佛是极美的绸缎，典雅温润，又恰似年少时饮牛读书的河滩，满目萧条中充满希望，点线之间，浑然天成。

我不禁好奇，是什么样的画家能够驾驭如此繁多的题材呢？

“文哲所”的蒋老师告诉我，今天有个开展仪式，届时子玉老师会亲自到场。于是，带着无限的期盼，我坐在二楼的展厅等待着开展，只为一睹画家的“真容”。

等到子玉老师走出电梯的那一刻，可以说，单凭直觉便很容易在众人中认出她来。

子玉老师步履稳健，笑容可掬，和身边的到访者们一一握手、寒暄。笑容挂在脸上，她的慈祥与温和在人群之中自带佛光，可以说非常具有辨识度。等到欧梵老师幽默地介绍这些画作的创作背景时，我们又不禁慨叹原来这每一幅画作背后还有着这么多鲜为人知的故事，以及那令人羡慕也羡慕不来的爱情。

始信，唯斯人也，方能有斯画也。

这是与子玉老师的第一次相遇。

而真正的与子玉老师对话，则是在我离开台湾的最后一周。当时，子玉老师和欧梵老师正好来台湾访友，我和林乾兄有幸陪同。

所以，有时不禁感慨，我与子玉老师的相遇莫不是冥冥之中早就注定好的？我刚到台湾便遇到老师，即将离开台湾，又再次遇到老师。这不就是古人们常说的有始有终吗？

而这次的作陪使我有机会更加深刻地理解子玉老师的画。原来，每一幅画作的背后都有一个故事，每一幅画作的产生都代表着一种心情。可以说，每一幅画作都是有生命的。是有温度的。

那天，子玉老师还带着我和林乾兄参观了佛家的道场，与大德大师座谈，吃斋听经，在外人看来的方外之地，于子玉老师而言，都是那么的自然与通脱。我方顿悟，原来子玉老师的心中住着一位大彻大悟的菩萨呢。

记得，看画展时，我指着其中一幅画，跟子玉老师说："老师，您的这幅画里有诗意。"

子玉老师闻声诧异："我不会写诗啊？"

我说："写诗的人，不一定都有诗意。不写诗的人，未必没有诗意。诗可法，而诗意不可学。"

欧梵老师眼中含笑，看着子玉老师，认真地鼓励道："没错。你姓李，说不定就是李白的后人呢。"

大家笑成一团，空气中充满了温馨。子玉老师的画就像春天里的花，开在了每个人的心里。

人不能光想着名和利，生活里除了柴米油盐，还要一种存在，叫艺术。

感谢子玉老师用生活给画作以色彩，用色彩给生活以生命。

都说大道至简，道不远人，过去的我不懂艺术，一直不明白艺术家缘何孤独，直到与子玉老师相遇，方明白：

原来，路，就在脚下；道，从未遥远。

逐香之九　70cm × 35cm　宣纸彩墨　2017

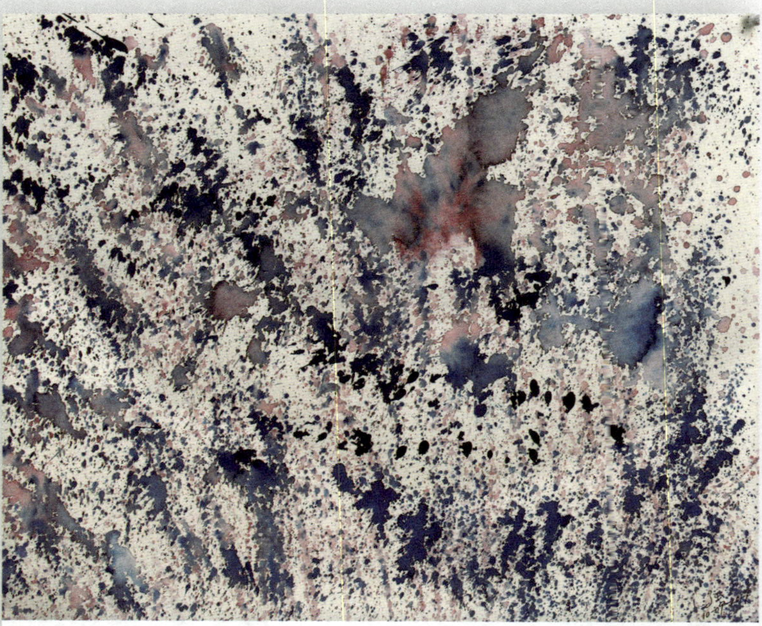

无碍之二
50cm × 40cm
纸本水彩　2017

画画，如一场游戏

文 / 金晓霞

去年，我曾给子玉姐姐做展，展出了她三十来件作品。

作为策展人，对作品和作者，是有所选择的。她对绘画的无拘无束之感，就是最动人的力量。所谓“画，为心像”，真是如此。

第一次见子玉姐姐，有着少女般娇俏和天真。看着欧梵先生百般爱恋的眼光追随，让人羡慕不已。吃饭时，子玉姐姐悄悄告诉我，她曾得过抑郁症，长达十年之久，还多次自杀。她的洁白纤瘦的手腕上，赫然有一处刀伤。我蒙了，怎么会？如此开心快乐的她，自杀！后来读子玉姐姐的书《忧郁病，就是这样》，了解了她被恶魔缠绕的生活，看得我一阵冷意。她说，佛法、画画，还有爱，让她摆脱抑郁，走出了心之困境。

抑郁与绘画之间，有着神奇的连接，像心的荒野，一面是荒芜，一面生机勃发。

最近，姐姐创作了新作品，发给友人们欣赏，和以往的明亮灿烂不同，画面出现了大片的黑色，留白的部分星星点点，隐隐的色彩点染其间。有的作品点、线、面的布局，感受到舞蹈般的律动。还有像是上帝的天书，文字构成的空间感，有着神秘的气息。更多的作品是墨与色的游戏，互相依存、随心随意。是色破墨，还是墨破色，还真不好说。她的近作，有解脱的意味，心灵的阳光，透过了抑郁的阴霾，照亮了生活的角角落落。

画画，需要天分。记得有一次，子玉来杭，适逢中国美术学院连放教授在栖霞艺墅教大家画色粉，她很是喜欢，没多久就完成了一幅画作，构图、色彩、勾线之表现，与众不同，让人赞叹。她长期在国外生活工作，闲暇时光顾美术馆，所见所闻皆是营养，眼界自然是高。

也许，绘画是上帝赐予她的法宝，是拯救自己的利器，如同她和欧梵的爱情，都是因缘果报。我希望她，就这样欢天喜地地画下去，一直到老。

心绪之十一
70cm × 70cm
宣纸彩墨　2017

逐香之二十七　70cm × 35cm　宣纸彩墨　2017

生命的颜色

词、曲 / 张今

（张今是我新认识的一位懂音乐的朋友，有感于我和丈夫的浪漫结合，为我写下这首歌。）

缤纷的彩虹　装点着儿时的梦
天真的时光　金色的幻想

蓝蓝的天空　淡淡地飘着蒲公英
忘在身后　是童年的懵懂

那时的梦　像风筝一样轻
那时的岁月　却像糖一样浓
那时的世界　露珠一样透明

一朵小白莲　飘落在年少的窗前
朦胧的心　有青涩的甜

银色的沙滩　拥抱着大海的蔚蓝
漂泊的心　有谁相伴

那时的爱情　像风一样轻
那时的岁月　却像咖啡一样浓
那时的世界　怎么都读不懂

清澈的眼神　穿过了时间的深沉
风雨过后　一切成真

灿灿的星空　照耀了多少人的梦
天边的彩霞　是岁月的从容

这样的心灵　像莲花一样清
这样的岁月　是互相的叮咛
这样的颜色　才是本来的生命

逐香之四十　75cm × 40cm　宣纸彩墨　2017

李子玉与丈夫李欧梵

李子玉在海南中学开个展，于画前留影

李子玉与丈夫李欧梵，摄于苏州园林

李子玉与白先勇，摄于台北中山堂白先勇七十寿诞宴会

李子玉夫妇与王德威

李子玉与毛尖

李子玉与阎连科

后记

小时候，我被教导成一个听话的女儿、孙儿。

长大了，努力做个好学生。

到社会工作，要成为好人。

结婚后，幼承庭训，自我要求当个好媳妇。

离婚了，坚持做个不失败的女人。

过去的大半生，我就是这样被压抑，要求扮演着各种各样的角色。而彻底失去了自我。

我抑郁，自暴自弃，自卑自残。

绝望中，我挣扎求存，曙光乍现，我遇到生命中的菩萨丈夫，在他的支持、鼓励下，我借着写作，抒发了压抑在内心深处的焦虑与不安。我的病好了一大半。

偶然，我拿起画笔，胡乱涂鸦。在画法、用色、构图毫无规范下，我任意涂鸦。笔之所至，色之所至，就是我的心之所至。我自由自在地在纸上挥舞，绘出我内心的风景，也是我的心中理想风景。由是，我的心灵全然得到释放。就如此这般，完成了这本《心灵的风景》。

这本书之可以出版，我首先要感谢的人是我的丈夫欧梵，我们结婚十八年来，他一直鼓励我，要我找回自己，现在我终于知道我是谁了，我可以和忧郁病说永别了！

其次也要感谢旅美画家朋友李淮，是她发现我有画画天赋的。

还有晓风书屋的总裁姜爱军，他替我办了第一次画展，也有杭州西湖奇女子金晓霞的协办展出。

最后，是策划本书出版的郑昀先生，没有他的赏识和努力编辑，这本书出不了。

当然也要感谢为我的画撰文的二十多位好朋友。

其实，我要感谢的人太多了！包括多年来爱读我的文章，现在喜看我画作的读者。没有他们我不会写作不断、作画不停。